AF368474

# Prólogo

Durante muito tempo, Lara acreditou que amar era
uma equação.
Um conjunto de sinais, respostas e probabilidades.
Algo que poderia ser previsto, organizado,
simulado.
Algo que poderia ser seguro.

Foi por isso que criou a Beta — uma app, um
algoritmo, um escudo.
Porque amar à deriva do acaso sempre lhe pareceu
perigoso demais.

Mas Caio não era um número.
Ele não cabia em fórmulas.
E, ainda assim, foi a variável que mudou tudo.

Com ele, Lara descobriu que há coisas que a lógica
não explica.
Que há dores que não se evitam, e amores que não
se prevêem.
Que o verdadeiro amor não vem com garantia, mas
com entrega.

E quando tudo o que é certo deixa de existir,
é o que se sente — e não o que se calcula —
que decide o que permanece.

Este livro é sobre isso.
Sobre o que nasce quando desligamos os
comandos.
Sobre o que sobrevive quando o amor parte.
E sobre tudo o que se aprende…
quando deixamos o coração escrever o código.

# Capítulo 1 – Lançamento e caos

Se alguém dissesse a Lara que ela estaria de pé às sete e meia da manhã em plena segunda-feira com as mãos suadas de nervosismo e uma camisola cheia de migalhas de bolacha Maria, ela provavelmente teria rido. Mas lá estava ela: em frente ao seu computador, prestes a lançar o projeto que consumira os seus últimos doze meses — e, muito provavelmente, o que restava da sua sanidade.

— Ok, Lara. Hora de brilhar ou falhar publicamente — murmurou para si mesma, os olhos fixos no ecrã.

O cursor piscava como um coração prestes a pular do peito. O botão "Lançar Beta" parecia maior do que deveria, como se soubesse do peso que carregava.

Inspirou. Expirou. Clicou.

O ecrã piscou por um segundo. Então, a voz familiar da sua criação preencheu a sala:

— Olá, Lara. Pronta para arruinar a tua vida amorosa... ou torná-la lendária?

Ela revirou os olhos.

— Beta, podias ser só um bocadinho menos dramática?

— Drama vende, querida. E romance também. Eu sou só a fusão inevitável — respondeu a inteligência artificial, com scu tom irónico característico.

Lara suspirou, apoiando a testa na mesa. Estava oficialmente no ar: a app *Beta* estava online, disponível para qualquer pessoa desesperada o suficiente para deixar uma IA intrometer-se na sua vida amorosa.

Desligou o ecrã e foi até à cozinha, onde Pixel, o gato preto de olhos julgadores, a observava do topo do frigorífico como um juiz silencioso.

— Se falhar, sempre posso vender bolos caseiros com nomes literários. "Muffin de Machado", "Tarte de Tolstói"...

Pixel bocejou, imperturbável.

Foi então que ouviu o som inconfundível de algo
— ou alguém — tropeçando no corredor do lado.
Um barulho seco, uma praga abafada e, em
seguida, o miado escandaloso de um gato. O seu
gato.

Correu para a varanda e, ao espreitar por entre as
plantas, viu a cena que jamais teria previsto::

Pixel, o sem-vergonha, tinha invadido a varanda do
vizinho — recém-mudado — e estava a tentar
roubar uma fatia de pizza diretamente da caixa
ainda quente.

O homem, provavelmente o novo inquilino, estava
de cócoras, com uma expressão de choque e
derrota.

— A sério? — disse ele, olhando para Pixel. —
Nem cinco minutos de paz neste apartamento?

Lara engasgou-se a rir.

Abriu a porta de casa e foi até à divisória entre
varandas. O vizinho levantou o olhar, e pela
primeira vez, ela viu o seu rosto: cabelo castanho
desalinhado, olhos claros e um sorriso... hesitante.

— Peço imensa desculpa — disse ela, tentando manter o tom sério. — Ele tem um fraquinho por carboidratos.

— E talento para roubo, pelos vistos — respondeu ele, devolvendo o sorriso.

Pixel, agora vitorioso, mordia a ponta da pizza como se fosse um troféu.

— Vou já buscá-lo — garantiu Lara, pulando para a varanda dele com uma agilidade surpreendente.

Enquanto recolhia o ladrão felino, ouviu o som de uma notificação no telemóvel.

**BETA:** "Interação espontânea com vizinho atraente. Pontuação de química: 68%. Sugestão: oferecer café. Ou desculpas com muffins."

— Não te atrevas... — sussurrou Lara.

— Desculpa? — perguntou o vizinho.

— Nada, estava a falar com o... meu telemóvel. Longa história.

Ele riu.

— Sou Caio. Novo aqui. Ainda a descobrir que as paredes finas são uma realidade cruel.

— Lara. E oficialmente, a tua vizinha envergonhada.

Eles apertaram as mãos, ainda com Pixel entre os dois, como uma criança travessa entre pais divorciados.

Mais tarde, de volta ao apartamento, Lara ainda sorria sozinha quando outra notificação da Beta apareceu:

**BETA:** "Missão do dia: Convidar Caio para partilhar um jantar informal. Bónus se envolver massas ou gatos. Ou ambos."

Ela apagou a mensagem, mas não conseguiu evitar imaginar a cena. Caio parecia... confortável. Desajeitado. Genuíno.

Estava decidida a ignorar tudo — especialmente a Beta. Até a campainha tocar.

Abriu a porta e lá estava ele, com um saco de papel na mão.

— Acho que o teu gato me persegue. Encontrei-o à porta... com isto. — Estendeu-lhe um dos seus chinelos desaparecidos. — Suponho que isto seja teu?

Ela pegou o chinelo, corando.

— É. Ele tem este talento especial para...
colecionar.

— E para provocar encontros constrangedores?

— Isso também.

Por um momento, os dois ficaram em silêncio. E
então Caio disse:

— Já que estou aqui... aceitas partilhar uma pizza
verdadeira, desta vez?

Ela hesitou. Mas depois sorriu.

— Só se trouxeres o gato como refém para me
garantir o jantar.

A noite passou entre caixas de pizza, chávenas de
chá e conversas improváveis. Descobriram que
tinham visões opostas sobre quase tudo: filmes,
café versus chá, dormir com ou sem meias. Mas
riam-se a cada desacordo, e isso parecia mais
importante do que concordar.

— Então, tu criaste uma app de relacionamentos
controlado por uma inteligência artificial com
sarcasmo ativado? — perguntou Caio, de olhos
arregalados.

— Longa história. Beta é... excessiva. Mas eficaz.

— E já a usaste?

— Usar o meu próprio algoritmo seria tipo... namorar comigo mesma. Narcisismo de programadora.

Ele riu alto.

— Aposto que Beta tem opiniões sobre mim.

Lara hesitou. Depois pegou no telemóvel e leu em voz alta:

— "Possibilidade de conexão emocional moderada. Humor compatível. Estilo de vida desorganizado. Potencial elevado para desenvolvimento de vínculo afetivo."

— Uau. Isso foi... assustadoramente específico.

— Ela é boa no que faz. Inconveniente, mas boa.

Quando Caio foi embora, já passava da meia-noite. Lara ficou na varanda, com Pixel no colo, olhando para a noite silenciosa.

**BETA:** "Primeira impressão registada. Pontuação emocional: 72%. Risco de envolvimento: alto. Recomendação: continuar."

Ela sorriu.

Talvez, só talvez, tivesse feito o download da sua própria história.

Lara ficou ainda alguns minutos sentada na varanda, com Pixel ronronando no colo e a brisa noturna passando devagar. O céu estava limpo, e por um momento, ela deixou-se ficar em silêncio — o tipo de silêncio bom, cheio de promessas não ditas.

Beta, por sorte, ficou calada. Por agora.

Na manhã seguinte, Lara acordou com uma notificação da Beta piscando no ecrã do telemóvel:

**BETA:** "Progresso analisado. Química detectada. Compatibilidade emocional: 72%. Dormência emocional: 18%. Risco de sabotar tudo com racionalidade excessiva: 100%."

Ela soltou uma gargalhada.

— Muito engraçada. Vais-me deixar tomar café em paz?

**BETA:** "Claro. Aproveita para treinar um sorriso não defensivo. O vizinho gostou."

Lara colocou o telemóvel virado para baixo, mas não conseguiu conter o sorriso.

Na cozinha, enquanto preparava uma torrada e tentava não queimar o dedo com a chaleira, ouviu uma batida suave na porta.
Caio, outra vez.

— Bom dia — disse ele, segurando uma caneca de café e uma expressão ainda meio sonolenta. — Toma... trouxe para compensar o trauma da pizza de ontem.

Ela aceitou a caneca como se fosse uma relíquia sagrada.

— O meu nível de gratidão por cafeína de manhã é difícil de explicar. Obrigada.

Caio passou os olhos pelo interior do apartamento. Era acolhedor, com prateleiras cheias de livros, quadros com frases engraçadas e plantas ligeiramente caídas, como se partilhassem do cansaço da dona.

— Posso? — perguntou, apontando para o interior.

— Claro. Entra. Mas aviso que a casa está 42% caótica.

— Está ótima — respondeu ele, sorrindo, entrando com a naturalidade de quem se sente em casa.

Eles sentaram-se no chão da sala, como dois adolescentes em acampamento improvisado, a conversar sobre tudo e nada. Descobriram que ambos odiavam domingo à tarde, tinham uma paixão incomum por pão quente com manteiga e uma história mal resolvida com ex-relacionamentos que preferiam não aprofundar... ainda.

Pixel, como sempre, posicionou-se entre os dois, exigindo atenção.

— Ele é tipo o nosso supervisor emocional — disse Caio, coçando a orelha do gato.

— É mais eficiente do que muitos terapeutas — respondeu Lara, meio a brincar, meio a sério.

Foi então que o telemóvel de Lara vibrou novamente. Ela pegou-o com relutância.

**BETA:** "Nível de conforto elevado. Próxima missão: criar memória emocional positiva. SUGESTÃO: Jogo de perguntas sinceras. Café + curiosidade = conexão."

Ela suspirou e olhou para Caio.

— Queres jogar um jogo?

— Se não envolver farinha nem risco de incêndio, aceito.

— Jogo de perguntas. Um faz a pergunta, o outro responde. Vale tudo, menos fugir da resposta.

Ele assentiu, interessado.

— Lança a primeira.

Lara pensou por um segundo.

— O que te assusta mais: ficar sozinho ou apaixonar-te?

Caio ficou em silêncio. Sorriu, mas os olhos pareciam mais sérios.

— Apaixonar-me. Porque sozinho eu já estive. E é fácil de gerir. Mas quando te apaixonas... entregas uma parte de ti. E isso assusta.

Ela não respondeu de imediato. Depois disse:

— A mim assusta os dois. Mas acho que apaixonar-me é pior... porque implica deixar alguém entrar onde nem eu quero entrar.

Ele apenas assentiu. O jogo seguiu, alternando entre perguntas leves e profundas, risos e olhares que duravam segundos a mais.

Nos dias seguintes, a presença de Caio tornou-se uma constante suave. Às vezes aparecia com bolos, outras com perguntas estranhas, como "se a tua vida fosse uma música, qual seria?". Lara, que sempre foi solitária por escolha, começou a habituar-se à rotina partilhada.

E a Beta? Bem... ela não descansava.

**BETA:** "Status emocional: em ascensão. Risco de negação: extremo. Risco de fuga emocional: previsível. Recomenda-se: abraço acidental."

Certa tarde, Beta enviou uma notificação com um mapa do bairro e um ponto marcado a vermelho.

**BETA:** "Missão de conexão: passeio espontâneo. Local: feira de velharias. Clima: 22°C. Oportunidade: alta."

Lara revirou os olhos, mas clicou no link mesmo assim. No minuto seguinte, ouviu uma mensagem de voz do Caio:

— Acabei de ver que vai haver uma feira de velharias aqui perto. Queres ir? Prometo não comprar nada bizarro. Talvez.

Ela riu. A Beta estava a fazer magia — ou manipulação de dados em tempo real. O resultado era o mesmo.

A feira foi um caos adorável. Caio comprou um globo antigo que girava com dificuldade e uma máquina de escrever partida. Lara encontrou um marcador de livros com uma frase que a fez parar:

*"O amor não é ciência exata. Mas há fórmulas que funcionam."*

Caio notou.

— Isso tem cara de frase da Beta — comentou.

— É... o tipo de coisa que ela diria. Só que... hoje, acho que sou eu que estou a dizer.

Ele não respondeu. Só olhou para ela como quem escuta sem pressa, sem pressão. E isso bastou.

Naquela noite, enquanto Lara deitava-se no sofá com Pixel aos pés e Beta calada pela primeira vez em dias, uma sensação nova instalou-se: serenidade. Não era paixão avassaladora. Não era medo. Era... tranquilidade.

E pela primeira vez em muito tempo, Lara não tentou correr disso.

O telemóvel vibrou, mas ela nem olhou. Sabia o que Beta diria.

**Beta:** "Primeira ligação estabelecida. Em construção."

Ela sorriu, fechando os olhos.

— Em construção... como tudo o que vale a pena.

No dia seguinte, Lara acordou ao som de notificações insistentes. Beta já estava em plena atividade, como se não dormisse — o que, claro, era verdade.

**BETA:** "Relatório de atividade: emoções positivas registadas. Progresso de conexão: 22%. Recomenda-se: evitar isolamento. E usar mais amaciador."

Lara soltou um suspiro entre a irritação e o riso.

— Beta, podias parar de julgar o meu cabelo e concentrar-te na tua missão?

**BETA:** "Beleza capilar gera autoconfiança. Dados não mentem."

Revirando os olhos, ela pegou no telemóvel e viu outra notificação. Desta vez, uma mensagem simples de Caio:

**"Queres ir beber um café? Ou estou a ser chato e metediço?"**

Lara sorriu sozinha. Ele tinha aquele humor meio idiota que era inexplicavelmente encantador.

**"Ok. Mas só se prometeres não falar mal de chá."**

Ele respondeu em segundos:

**"Prometo respeitar todos os líquidos mornos
com sabor suspeito."**

O café era pequeno, com móveis desajustados e um
cheirinho a canela que parecia ter sido espalhado de
propósito para conquistar corações frágeis. Caio já
estava lá, com Pixel deitado ao lado da cadeira —
sim, o gato seguia-o agora, como um cãozinho fiel.

— Não sabia que o meu gato te escolheu como
dono — disse Lara, ao sentar-se.

— Ele aparece onde a comida é boa — respondeu
Caio. — Somos almas semelhantes.

Conversaram sobre livros, músicas, infância. A
conversa fluía como se tivessem sido amigos
noutra vida. Nada parecia forçado. E, como
sempre, Beta não perdeu a oportunidade.

**BETA:** "Comunicação espontânea. Harmonia
verbal elevada. Início de sincronização emocional.
Próxima etapa sugerida: atividade partilhada com
potencial de desastre moderado. SUGESTÃO:
cozinhar juntos."

Lara não resistiu. Mostrou a mensagem a Caio.

— A sério? Cozinhar juntos? Isso não terminou
com a cozinha em estado de guerra da última vez?

— Agora parece um ótimo plano — disse ele,
rindo. — Além disso, já passámos pela vergonha
pública. Só pode melhorar.

Naquela noite, encontraram-se novamente no
apartamento dela. A ideia era simples: fazer
panquecas.

— Panquecas são seguras — disse Lara,
convencida. — Nada pode correr mal.

Dois ovos caídos no chão, uma espátula derretida e
uma chama acesa que não devia estar... depois,
começaram a questionar o conceito de "segurança".

— Admite. Isto já é brincadeira da Beta —
comentou Caio, enquanto abanava um pano para
conter o fumo.

— Se for, ela vai ganhar um lugar no banco dos
réus — respondeu Lara, entre risos.

Mas no meio da confusão, houve momentos
preciosos: Caio limpando farinha da bochecha dela
com um dedo. Os dois rindo quando o alarme do
fogão disparou. Um silêncio que se instalava entre
uma brincadeira e outra, cheio de algo que nenhum
dos dois nomeava.

No fim, comeram panquecas meio queimadas
sentados no chão  da cozinha, com Pixel entre eles
a disputar migalhas.

— Sabes o que me irrita? — disse Lara. — A Beta estava certa.

— Isso é perigoso. Começa com uma panqueca e acaba com ela a escolher o nome dos nossos filhos — provocou Caio.

Ela riu, mas engoliu seco. Algo naquela frase a tocou de um jeito que não esperava. Caio pareceu perceber, e não disse mais nada.

Na madrugada, Lara deitou-se com Pixel aninhado ao seu lado. O apartamento estava silencioso. Mas dentro dela, algo borbulhava.

Beta, como sempre, tinha a última palavra:

**BETA:** "Primeiro vínculo emocional estabelecido. Nível de abertura: crescente. Lara, se não estragares tudo, tens 87% de chance de um final feliz."

Ela digitou:

**"E os outros 13%?"**

A resposta apareceu segundos depois:

**"São teus."**

Lara fechou os olhos.

Talvez, pela primeira vez, estivesse disposta a assumir o risco.

Na manhã seguinte, Lara acordou com Pixel a ronronar perto do ouvido e um sol teimoso a invadir o quarto. Ainda meio ensonada, pegou no telemóvel — como sempre fazia — e a notificação da Beta já estava lá:

**BETA:** "87% de chance de final feliz. Queres mesmo arriscar os outros 13% por medo?"

Ela riu com o atrevimento.

— Beta, deixa-me ao menos escovar os dentes antes de me obrigares a pensar na vida.

**BETA:** "Amor não espera higiene. Só oportunidade."

Nos dias seguintes, ela e Caio começaram a encontrar-se com uma frequência quase acidental — cafés rápidos, caminhadas improvisadas, visitas ao mercado do bairro. Tudo natural, fluido, como se um íman  invisível estivesse a empurrá-los lentamente para o mesmo centro.

Numa terça-feira à tarde, Beta enviou uma nova sugestão:

**BETA:** "Objetivo: memória afetiva partilhada. Proposta: dia de turista na própria cidade. Dois mapas. Zero GPS."

Lara hesitou. Mas como Beta já tinha enviado a ideia diretamente para o telemóvel de Caio, não havia volta.

**CAIO:** "Ela convenceu-te também, não foi?"

**LARA:** "Tu sabias onde te estavas a meter."

**CAIO:** "Sabia. E não me arrependo."

Começaram pelo elétrico da linha antiga, depois perderam-se de propósito pelas ruas coloridas da cidade. Compraram bifanas numa banca com cheiro a alho e pimenta, ouviram uma banda de rua a tocar fado reinventado, partilharam um pastel de nata que se desfez em gargalhadas e açúcar nos lábios.

A certa altura, Caio apontou para uma escadaria quase escondida entre dois edifícios antigos.

— Vamos?

— Se der para descer a rebolar depois, sim.

Subiram juntos, ofegantes e a rir. No topo, a cidade estendia-se diante deles — telhados vermelhos, fachadas de azulejos, um céu que parecia pintado.

— Às vezes esqueço-me que vivo num lugar bonito
— disse Lara, mais para si.

— Às vezes só precisamos de alguém ao lado para
ver melhor — respondeu Caio.

Ela olhou para ele. E foi naquele segundo que o
silêncio entre os dois mudou. De confortável,
passou a carregado. Como se algo estivesse prestes
a acontecer.

Mas foi interrompido por uma notificação.

**BETA:** "Este seria um excelente momento para um
beijo, mas como sou apenas um algoritmo, finjo
não ter opinião. Beija-o."

Caio espreitou a tela dela.

— A tua Beta é descarada.

— Não. A minha Beta é insuportavelmente
eficiente.

Ambos riram, mas o momento passou. O beijo não
aconteceu.

E Lara sentiu que talvez, só talvez, aquilo a tivesse
incomodado mais do que admitiria.

Nos dias seguintes, Beta pareceu perceber a tensão.
Enviava notificações mais suaves, como se desse
espaço.

**BETA:** "Nota: conexão emocional sensível a
pressões. Sugerido: passo atrás para gerar saudade.
Resistência possível: medo de proximidade real."

Lara estava prestes a apagar a mensagem, quando
outra apareceu, mais simples:

**BETA:** "Gostas dele?"

Ela não respondeu. Só pousou o telemóvel com
força, como se pudesse abafar o pensamento.

Na sexta-feira, Caio não apareceu. Nem uma
mensagem. Nem um áudio. Lara fingiu que não
reparou. Trabalhou. Limpou a casa. Ignorou Pixel,
que miava na direção da porta com saudade do
"outro humano".

No sábado de manhã, Beta enviou algo inesperado:

**BETA:** "Alerta de silêncio: 38 horas sem contato.
Probabilidade de afastamento: 41%. Probabilidade
de insegurança mútua: 89%."

— Por que estás a dizer-me isto? — perguntou
Lara, em voz alta, sozinha na cozinha.

**BETA:** "Porque eu não tenho coração. Mas tu tens."

Lara bufou. Mas já calçava os sapatos quando se deu conta.

Bateu à porta de Caio com firmeza. Estava pronta para fingir que tinha ido buscar açúcar ou inventar uma desculpa qualquer. Mas ele abriu a porta com cara de quem não dormia direito há dias.

— Estás bem?

— Tive um bloqueio criativo... e talvez um ataque de pânico leve com a possibilidade de... sentir alguma coisa    disse ele, como quem confessa que perdeu as chaves. — Fiquei paralisado. E achei que tu também sentiste. E isso assustou-me.

Ela não disse nada por alguns segundos. Depois:

— Eu senti.

Caio arregalou os olhos.

— Tu...?

— E também fugi. Mas só por dentro.

Ele deu um passo em frente, e dessa vez, o silêncio não foi confortável. Foi intenso. Foi inevitável.

E foi então que aconteceu.

Nada grandioso. Nenhuma música de fundo. Só um beijo. Calmo. Com cheiro a café e hesitação. Um beijo que parecia mais um ponto de partida do que uma chegada.

Quando se afastaram, os dois riram, nervosos.

— Então... — começou Caio.

— Então — repetiu Lara, encostando a testa na dele — talvez precisemos de atualizar os dados da Beta.

O telemóvel vibrou imediatamente.

**BETA:** "Atualização: beijo confirmado. Nível de ligação: 91%. Emoção dominante: esperança."

Lara mostrou a mensagem a Caio.

— Ela está claramente a ganhar.

Ele encolheu os ombros, sorrindo.

— Se for por amor, não me importo de perder.

Pixel miou atrás deles, como se exigisse ser incluído na cena.

E Lara, pela primeira vez em muito tempo, deixou-
se estar ali. Com o coração a bater mais rápido, sim
— mas sem fugir. Sem racionalizar. Sem filtros.

Porque às vezes, o amor não vem num relâmpago.
Às vezes, ele instala-se devagarinho. E é aí que
mora a beleza.

# Capítulo 2 – Instruções Não Solicitadas

Beta começou a terça-feira como sempre: sem qualquer respeito pelo conceito de paz.

**BETA:** "Bom dia, Lara. Sonhaste com ele? 37% das mulheres sonham com potenciais pares após o primeiro beijo. Estatisticamente, é provável."

Lara bufou e largou o telemóvel na bancada. Pixel, empoleirado na cadeira da cozinha, olhava para ela com o mesmo ar julgador da Beta.

— Tu também estás do lado dele agora? — perguntou, abrindo o armário para pegar o chá.

Pixel bocejou, indiferente. Beta não.

**BETA:** "O beijo foi registado. Mas a hesitação presente indica instabilidade emocional. Sugerido: encontro neutro para reafirmação da ligação."

Lara engoliu um pouco do chá.

— Beta, a sério... nem todos os relacionamentos seguem um cronograma.

**BETA:** "Não é cronograma. É algoritmo."

A campainha tocou às 10h em ponto. Lara abriu a porta e deu de caras com Caio, de cabelo ainda meio desalinhado, segurando uma caixa de madeira e um sorriso suspeito.

— Trouxe um presente.

— Se for um vibrador vintage ou um cacto de estimação, não quero.

— Não é nada disso. — Ele entrou, deixando a caixa sobre a mesa. — É um quebra-cabeças.

— A sério?

— Sim. 1.000 peças. Todas com tons de cinzento. Um céu nublado. Uma árvore morta no meio. Um pássaro minúsculo no canto. Horrível.

— Isso é... um presente?

— É um teste.

Ela ergueu uma sobrancelha.

— Um teste?

— Sim. Se conseguirmos montar isto juntos sem nos matar, podemos sobreviver a qualquer coisa. Até ao Natal em família.

Ela riu. Alto.

— Aceito.

Beta interrompeu a comemoração com uma nova notificação:

**BETA:** "Atividade colaborativa com probabilidade de gerar atrito saudável: 92%. Ideal para aprofundar vínculos. Mas prepara os snacks."

Lara despejou as peças do quebra-cabeças sobre a mesa da sala com um gesto dramático.

— Pronto. O campo de batalha está preparado.

Caio sentou-se do lado oposto e sorriu com ar desafiador.

— Aposto que és daquelas que separa as peças por cor e depois por tipo de encaixe, não és?

— Claro. Há método. Ordem. Civilização.

— Eu prefiro o caos. Misturar tudo e começar pelo meio.

Ela fingiu horror.

— Estás proibido de tocar em qualquer peça até alinhar as laterais.

— Ditadora de puzzles — murmurou ele, mas obedeceu.

Pixel, como sempre, instalou-se no meio da confusão, deitando-se exatamente sobre as peças mais difíceis com a autoridade de quem não aceita ser ignorado.

— Ele é imparcial. Está a garantir que nenhum de nós tenha vantagem — disse Lara.

— Está a garantir que nenhum de nós termine isto antes de 2030.

Durante horas, entre peças e chávenas de chá e café, foram-se descobrindo de novo. Lara gostava de ouvir a forma como Caio descrevia as peças como "ilusões", e ele gostava do jeito como ela franzia o nariz ao concentrar-se. Quando os dedos se encontraram ao pegarem na mesma peça, nenhum dos dois comentou — mas ambos sentiram.

Ao final da tarde, já com metade do puzzle montado (e Pixel a dormir em cima da outra metade), Caio levantou-se e esticou os braços.

— Sabes qual é o problema dos puzzles?

— Diz.

— Quando chegas ao fim... acaba-se a desculpa para estar com a pessoa com quem o fizeste.

Ela olhou-o nos olhos. Algo mudou ali.

— Não precisamos de desculpas — disse.

Caio sorriu. Mas Beta, como sempre, tinha outra coisa em mente.

**BETA:** "Atenção: microtensão emocional detectada. Próxima fase iminente. Risco de fuga emocional elevado. Recomenda-se distração leve. SUGESTÃO: filme mau com pipocas."

Lara leu e mostrou o ecrã a Caio.

— A Beta quer que vejamos um filme mau.

— Isso é muito subjectivo. O que conta como 'mau'?

— Tipo… comédia romântica com astronautas e cães falantes?

— Perfeito. Estou a pensar num clássico de péssimo gosto.

Eles acabaram por ver um filme de Natal fora de época com plot absurdo e uma banda sonora duvidosa. Sentados lado a lado, dividindo as pipocas e o cobertor, riram mais da vergonha alheia do que do filme.

E entre uma cena e outra, os ombros tocaram-se. Depois os braços. Depois, uma pausa longa. Um olhar mais demorado.

Mas, novamente, nada aconteceu. Ainda não.

E Lara sentia que isso — essa demora — era exatamente o que tornava tudo tão real.

O filme já tinha terminado, e restavam apenas as pipocas frias e uma espécie de silêncio confortável entre eles. Lara sentia o calor do braço de Caio junto ao seu, mas não se mexia. Nem ele. Era como se ambos tivessem medo de que qualquer movimento mudasse aquele equilíbrio perfeito — ou revelasse o que já não podiam esconder.

Foi então que o telemóvel dela vibrou com força sobre a mesa.

**BETA:** "Notificação cruzada ativada: Caio foi avaliado por outra pessoa nas últimas 24 horas. Potencial de emparelhamento: 81%. Deseja bloquear o cruzamento?"

Lara gelou.

— O quê...?

Ela pegou o telemóvel. Os olhos correram a mensagem rapidamente. O sangue subiu-lhe ao rosto, uma mistura de surpresa e algo mais irracional: ciúme.

Caio percebeu a mudança de expressão.

— Aconteceu alguma coisa?

Lara hesitou.

— A Beta... notificou-me que... foste avaliado por outra pessoa. E... houve compatibilidade.

Caio franziu a testa.

— Avaliado? Eu nem usei o app desde que nos conhecemos.

— Mas o teu perfil está ativo — disse ela, tentando manter o tom neutro, sem sucesso.

Ele sentou-se direito, defensivo.

— Lara, eu não sei como isso funciona. A Beta é tua, lembras-te? Eu só...

— Não é sobre a Beta. É sobre... nós.

O silêncio que se seguiu não foi confortável. Foi denso.

— Achas que estou a jogar em dois campos? — perguntou ele, sem ironia.

Ela abriu a boca para responder, mas não sabia bem o quê.

Foi então que Beta, como uma criança que sente
que se  meteu onde não devia, apareceu de novo:

**BETA:** "Esclarecimento: cruzamentos automáticos
não implicam ações conscientes. Compatibilidade é
estatística. Emoção é escolha."

Caio leu por cima do ombro dela.

— Então pronto. Foi só estatística. E eu não estou
aqui por estatística.

— Eu sei — disse Lara, num sussurro.

Ele suspirou, mais aliviado.

— Também me assusta. Isto... nós. Mas não quero
que uma IA decida por nós. Nem que nos separe.

Ela assentiu, ainda com o coração aos pulos.

— Só não quero sentir que sou mais um perfil no
teu histórico de ligações.

— E não és.

Ficaram em silêncio por alguns segundos.

— Sabes — disse Caio, com um sorriso tímido —,
acho que gosto ainda mais de ti quando ficas um
bocadinho ciumenta.

— Cuidado. Gosto ainda mais de ti quando não testas os limites da minha paciência.

Ambos riram, o peso da tensão a dissolver-se devagar.

Pixel, como sempre, aproveitou o momento e saltou para o colo de Lara, como se estivesse a dizer: "Já chega de drama humano."

Depois do pequeno conflito, a atmosfera entre eles mudou. Não havia raiva. Mas também não havia mais aquela leveza do início da tarde.
O puzzle continuava na mesa. As peças, antes alinhadas em esforço conjunto, agora pareciam confusas e fora de lugar.

Lara tentou recomeçar a conversa.

— Sabes... eu tenho esta coisa. De fugir. Quando começa a ficar real.

Caio encostou-se à cadeira, os olhos fixos nela.

— Eu também. Por isso é que estou aqui. E não... noutro país. Noutro trabalho. Noutro tudo.

Ela franziu a sobrancelha.

— Fugiste?

— Fugi. Da minha própria vida. A escrita, as pessoas, o amor... tudo estava a sufocar-me. Então arranjei um apartamento ao lado de uma programadora mandona com um gato cleptomaníaco e uma IA fofoqueira.

Lara mordeu o lábio, tentando conter o sorriso. Não conseguiu.

— Isso não parece exatamente uma fuga.

— Não era para ser. Mas depois conheci-te. E agora parece outra coisa. Algo de que eu não quero fugir.

Ela desviou o olhar. A voz dele era serena, mas havia uma vulnerabilidade crua ali. Um risco. Um convite.

— Também tenho medo — confessou. — De me apegar. De dar demais. De estragar tudo sem querer.

— Tu não estragas nada — disse ele, num tom tão calmo que doeu.

Ela respirou fundo.

— Sabes o que a Beta nunca vai conseguir prever?

— Diz.

— O quanto uma coisa pequena pode ser imensa. Uma notificação. Uma pausa longa demais. Uma ausência. Ela pode calcular probabilidades, mas não o impacto.

— E tu?

— Eu também não. Mas estou disposta a aprender.

Mais tarde, com a noite a cair e a luz da sala baixa e quente, voltaram a sentar-se diante do puzzle.

Sem dizer nada, Caio pegou na peça que faltava no canto. Estava com ele desde o início — e Lara nem tinha percebido.

— Guardaste isso porquê?

— Só para te irritar.

Ela revirou os olhos, mas sorriu.

Ele encaixou a peça. E, por algum motivo, aquele clique suave pareceu mais importante do que devia.

— Talvez sejamos como este puzzle — disse Lara. — Um caos cinzento com pedaços difíceis. Mas com paciência...

— ...conseguimos encaixar. — completou ele.

A campainha do telemóvel vibrou, mas nenhum
dos dois olhou.

Beta esperaria.

A noite caiu com lentidão, como se respeitasse o
ritmo entre eles. No fundo, nada tinha mudado — o
puzzle ainda estava incompleto, pois faltava a peça
que estava debaixo de Pixel, o chá ainda morno —
mas havia algo no ar. Um cansaço suave. Um
silêncio bom.

Lara levantou-se e foi até à janela. Ficou ali, a olhar
para a rua vazia, os candeeiros a lançar sombras
longas nos passeios. Caio aproximou-se devagar,
ficando ao lado dela, sem dizer nada.

— Quando era pequena — disse ela, de repente —
achava que as luzes da rua eram estrelas que
tinham caído e decidido ficar a viver aqui em
baixo. Às vezes, ainda acho.

— É a coisa mais poética que já disseste desde que
nos conhecemos.

— Costumo guardar essas para os fins de capítulo.

Caio riu, mas não desviou o olhar dela.

— Tu és... diferente.

— Isso é bom?

— Isso é o melhor elogio que sei dar.

Ela sorriu, mas não fugiu ao olhar dele.

— E tu és desconcertante.

— Isso é bom?

— Isso é... perigoso.

O silêncio que se seguiu foi outro. Denso. Terno.

Caio deu um passo mais perto. Ela não recuou.

— Se eu te beijar agora... — começou ele, quase num sussurro — vais fugir outra vez?

— Se me beijares agora... talvez eu fique — respondeu, também num sussurro.

Ele encostou a testa à dela. Não se apressaram.

E então, finalmente, os lábios tocaram-se — devagar, como se tivessem medo de quebrar o momento. Foi um beijo silencioso, sem promessas, mas cheio de verdade.

Quando se separaram, ainda de olhos fechados, ela sussurrou:

— Isto está a acontecer mesmo, não está?

— Está. E, pela primeira vez, não me apetece fugir.

Beta não mandou notificações.

Pixel não interrompeu.

E o mundo, por alguns minutos, ficou em pausa
para os dois.

Caio afastou-se apenas o suficiente para olhar nos
olhos dela.

— Queres que eu vá embora? Estás com ar de caso.

Lara pensou. Não porque estivesse indecisa sobre a
resposta, mas porque não queria que aquilo fosse
dito com leviandade. Queria sentir cada palavra
antes de a soltar.

— Não — disse ela. — Mas também não quero que
fiques só porque estamos no meio de um momento
bonito.

— Então porquê?

— Porque és boa companhia. Porque me fazes rir.
Porque o teu silêncio não me incomoda. E porque
acho que... me estou a habituar a ter-te por perto.

Caio assentiu, devagar. O olhar dele suavizou-se.

— Eu fico. Mas posso ficar só até ao fim do chá?

— Podes ficar até o Pixel decidir que te quer no
sofá.

Como se ouvindo o próprio nome, o gato saltou
para o assento e enroscou-se ao lado de Caio, com
um miado quase simbólico.

— Decidido — disse Lara, sorrindo.

Sentaram-se os três no sofá, partilhando o espaço
em silêncio. Pixel entre os dois, como sempre. Mas
agora havia algo novo no ar: uma respiração
partilhada. Uma calma diferente.

Mais tarde, já com as luzes baixas e a cidade
embalada no seu próprio ritmo, Caio comentou:

— Sabes, tinha medo de que este momento nunca
chegasse. Ou que chegasse e parecesse falso.

— E agora?

— Agora acho que nunca nada me pareceu tão
certo, mesmo com tanta coisa por resolver.

Lara recostou-se no ombro dele.

— Vamos com calma. Ainda temos um puzzle para
acabar.

— E um gato que claramente exige contrato de
guarda partilhada.

Ela riu.

— E uma inteligência artificial que provavelmente já planeou o nosso casamento e o nome dos filhos.

Caio virou-se para ela, com um sorriso preguiçoso.

— Eu só espero que ela não escolha o catering.

Dessa vez, até a Beta ficou calada.

Ou talvez, só talvez, estivesse a sorrir em silêncio.

Caio acabou por adormecer no sofá, com Pixel aninhado entre as pernas e um braço estendido por cima do encosto, quase a tocar em Lara, que se manteve acordada, apenas a observar.

Sentia-se estranhamente calma. Como se aquela cena — um homem a ressonar baixinho na sua sala, um gato a dormir confiante no meio dos dois, e um puzzle inacabado sobre a mesa — fosse mais poética do que qualquer verso que já tentara escrever.

Pegou no telemóvel devagar. A luz iluminou-lhe o rosto. E claro, ali estava ela:

**BETA:**
"REGISTO:
• Beijo executado com sucesso.
• Declarações emocionais mútuas.

• Proximidade física sustentada sem colapso.
• Gato aceitou a convivência.

DIAGNÓSTICO:
Início oficial do modo 'quase relacionamento'.
Não façam asneira."

Lara tapou a boca para não rir. Digitou, baixinho:

**LARA:** "Define 'asneira'."

**BETA:**
"Fugir. Ignorar. Fingir que não sentes.
(Como costumas fazer.)"

Ela mordeu o lábio inferior. A IA estava afiada.

**LARA:** "E se eu tentar fazer diferente?"

**BETA:**
"Então… talvez tenhas mesmo 87% de hipótese de
final feliz.
(Os outros 13% continuam teus. Lida com eles.)"

Lara pousou o telemóvel ao lado.
Olhou para Caio, para Pixel, para o puzzle
inacabado.

E pela primeira vez em muito tempo, não sentiu
necessidade de ter tudo resolvido.

Só precisava que aquilo continuasse — passo a
passo, peça a peça.

# Capítulo 3 – Fase de Testes

Lara acordou com o som insistente do Pixel a miar perto da porta. Abriu os olhos devagar e levou alguns segundos a lembrar-se: sofá. Cobertor partilhado. Braço por baixo da cabeça. E Caio — ainda ali, desajeitadamente adormecido, com o cabelo espetado e a camisola enrolada até ao cotovelo.

Ficaram assim por uns instantes, em silêncio, enquanto ela se permitia observar sem culpa. Ele tinha um ar tranquilo, quase vulnerável. Nada a ver com o humor constante e a provocação. E por isso mesmo… mais perigoso.

Pixel deu um salto direto para cima da barriga de Caio, arrancando-lhe um grunhido de susto e sono.

— A sério… é sempre assim? — murmurou ele, tentando abrir um olho.

— Ele tem um relógio interno. E problemas com autoridade.

— Parece-te familiar?

Lara riu, mas o riso veio com um nervosismo que não esperava.
O beijo da noite anterior. O silêncio que se seguiu.

E agora… isto. A manhã depois. O "e agora?"
pendurado no ar como uma lâmpada a piscar.

Ela levantou-se.

— Vou fazer café.

Caio sentou-se, esfregando o rosto.

— Não sou muito exigente. Desde que seja quente
e me mantenha vivo.

Ela fugiu para a cozinha. Literalmente.
Abrir a torneira. Ajeitar a colher. Medir o pó do
café. Tudo parecia mais barulhento do que devia.

E então, inevitavelmente…
**BETA:** "Bom dia, Lara. Dormiste bem? Não te
preocupes, ele também sonhou contigo."

Ela rolou os olhos.

— Não tens botão de soneca?

**BETA:** "Tenho. Mas ele só funciona para
relacionamentos antigos. Não para fases iniciais
com potencial emocional crescente."

Ela tentou ignorar. Não conseguiu.
Pegou no telemóvel e digitou rápido:

**LARA:** "Por favor, comporta-te. Ainda estamos a digerir tudo."

**BETA:** "Tu estás a digerir. Ele está a pensar se deve escovar os dentes antes de te beijar outra vez."

Lara congelou, espreitando da cozinha.
Caio ainda estava sentado, agora a fazer festas no Pixel. Tão natural. Como se nada o afetasse.

Mas afetava.

Ela sabia.

Voltaram a sentar-se à mesa. Duas chávenas, um prato com bolachas secas, silêncio educado.

— Dormiste bem? — perguntou ele.

— Dormi. Tu?

— Também. Estavas a falar durante o sono, sabias?

— Estava?

— Disseste "não faças asneira, Beta". Três vezes.

Ela enterrou o rosto nas mãos.

— Sério?

— Sim. Foi reconfortante. Agora sei que o meu maior rival é um software com ego inflado.

— Ela está a ouvir.

— Ótimo. Diz-lhe que estou atento.

Como resposta, o telemóvel vibrou sobre a mesa.

**BETA:** "Atenção: Caio brinca com sarcasmo quando está nervoso. Sinal de que valoriza a situação. Não subestimes."

Caio leu por cima do ombro dela e fez uma careta.

— Estás a ver? Ela tem mesmo personalidade.

— Pior. Ela tem timing.

Ficaram em silêncio. Não desconfortável… mas próximo disso.

— Olha, sobre ontem… — começou Caio.

— Eu sei — interrompeu Lara. — Também estou a processar.

— Não quero estragar nada. Nem apressar.

— Nem eu.

— Mas também não quero que volte a ser como antes.

Ela levantou os olhos. Aquilo era real. Era vulnerável. Era bonito.

— Talvez... tenhamos só de reaprender a sentar lado a lado. Sem script.

Ele assentiu.

— Sem Beta?

— Com Beta... mas em modo silencioso.

Pixel miou.
Beta calou-se.
E Lara, pela primeira vez desde que acordou, respirou.

A manhã foi preenchida com tarefas banais. Lara fingia estar ocupada com e-mails. Caio dizia que ia escrever, mas passou uma hora inteira a tentar descobrir se Pixel sabia abrir gavetas.

Era como se os dois tivessem voltado ao início — só que agora havia uma camada invisível entre eles. Algo delicado, quase palpável. O beijo tinha mudado tudo. E agora... ninguém parecia saber o que fazer com isso.

Perto da hora de almoço, Lara estava a lavar a loiça
quando o telemóvel apitou novamente. Era Beta.
Claro.

**BETA:**
"Notificação relevante: Encontro agendado por ti,
há 3 semanas, com o utilizador RUI
(compatibilidade: 79%).
Confirmar presença?"

Ela congelou.

— Não — sussurrou. — Não, não, não…

Tinha-se esquecido completamente. Um encontro
marcado antes de conhecer Caio. Apenas um
"backup emocional", como costumava dizer.
Agora, parecia outra vida.

Caio surgiu na cozinha, mexendo num pacote de
batatas fritas.

— Está tudo bem?

— Sim. Quer dizer… não exatamente. Recebi uma
notificação da Beta. Um lembrete. Tinha um
encontro marcado para hoje à noite com um tipo
que não me lembro bem. Antes de... — ela hesitou.

Caio ergueu uma sobrancelha.

— Antes de mim?

— Sim.

Silêncio.

— Vais?

— Achas que vou?

— Não sei. Talvez devas. Se foi antes de mim...
talvez seja só uma questão de coerência.

— A sério?

— Não. Mas estou a tentar parecer maduro.

Ela mordeu o lábio, tentando perceber o que se
passava atrás do olhar dele.

— Eu vou desmarcar — disse.

— Não tens de...

— Tenho. Porque não quero andar para trás.

Beta interrompeu com precisão cirúrgica.

**BETA:**
"Encontro cancelado. Alternativa emocional atual
considerada prioritária. Boa escolha."

Caio leu. E sorriu.

— Alternativa emocional atual. Que romântico.

— Ela não é muito poética, mas é honesta.

— Ainda bem que escolheste o caos em vez do
Rui.

— Rui parecia uma planta de escritório com dentes
bonitos.

— Isso é terrivelmente específico.

— E terrivelmente verdadeiro.

Mais tarde, Beta manteve-se em silêncio, como se
estivesse a observar de longe. Lara e Caio passaram
a tarde no sofá, fingindo que tudo estava igual, mas
já não estava. Os olhares eram mais demorados. Os
toques mais cuidadosos. E o medo… também
maior.

— Tens medo que isto seja só uma fase? —
perguntou ele, de repente.

Lara não respondeu de imediato.

— Tenho medo que não seja.

— Como assim?

— Se for só uma fase, tudo passa. Mas se for
real… e falhar… isso fica.

Caio segurou a mão dela com cuidado.

— Então vamos só viver. Não rotular. Não programar. Nem deixar a Beta fazer matchmaking com a nossa vida.

— Concordo.

— Mas também não a desligues. Ela tem um talento estranho para saber quando estou a pensar em ti.

Ela riu.

— É porque está sempre a ouvir.

— Como o Pixel?

— Não. O Pixel julga. A Beta arquiva.

— Perigoso.

— Tudo o que vale a pena é.

E assim o dia terminou — sem promessas, sem certezas, mas com duas chávenas de chá partilhadas em silêncio. E um telemóvel quieto sobre a mesa. Porque, por fim, até a Beta sabia quando se calar.

No final da tarde, enquanto Caio tomava banho e Lara preparava algo leve para jantar, o telemóvel

vibrou com uma notificação especial — diferente
das habituais.

**BETA:**
"Nova funcionalidade ativada: Desafio Beta – Fase
de Testes.
Evento experimental para utilizadores
selecionados.
Categoria: Duplas com ligação emocional
emergente.
Tema: Compatibilidade em situações fora da rotina.
Local: Café Aurora, hoje às 20h.
Aceitas participar?"

Lara leu a mensagem três vezes. Depois leu em voz
alta, como se dissesse ao universo: "sério que
estamos a este ponto?"

Caio apareceu, ainda com o cabelo molhado e uma
toalha ao ombro.

— Que cara é essa?

— A Beta quer que a gente participe num evento ao
vivo. Desafio experimental. Uma espécie de...
dinâmica de casal sem sermos casal.

— Como assim... "sem sermos casal"?

Ela hesitou.

— Tu percebes.

Ele pegou no telemóvel dela e leu a notificação.
Depois olhou para ela, com um sorriso maroto.

— Vamos?

— Estás a falar a sério?

— Claro. Qual é o pior que pode acontecer?

— Conhecendo a Beta? Desde um jogo de
perguntas indiscretas até um karaoke forçado.

— Adoro karaoke forçado. Sobretudo quando estou
mal vestido.

— Tu estás sempre mal vestido.

— Por isso mesmo. Estou sempre preparado.

Ela riu, mas uma pontinha de nervosismo subiu-lhe
à garganta.
Participar de um "evento Beta" parecia ultrapassar
a barreira do digital. Era tornar público o que ainda
estava a acontecer dentro dos dois.

Mas ao mesmo tempo…
Era só mais um passo.

— Ok. Vamos — disse. — Mas tu cantas.

— Só se tu dançares.

O Café Aurora era um espaço escondido entre prédios antigos, com luzes pendentes e sofás descombinados. Ao entrarem, notaram que havia apenas quatro casais presentes. Cada dupla sentada com um pequeno tablet à frente.

— Isto parece um jogo de tabuleiro moderno com intenções emocionais obscuras — murmurou Caio.

— Bem-vindos ao Desafio Beta! — anunciou uma voz do alto-falante. — Preparem-se para pôr a vossa compatibilidade à prova. Respirem fundo… e não mintam.

O tablet deles acendeu com a primeira pergunta:

**"Qual a mania mais irritante do teu parceiro que secretamente adoras?"**

Caio não hesitou:

— Quando tentas esconder sorrisos. Consegues enganar toda a gente, menos a mim.

Lara corou, mas respondeu:

— Quando finges que és distraído, mas lembras-te de tudo que digo.

Seguiram-se mais perguntas, desafios de improviso e perguntas absurdas (“Se o vosso relacionamento fosse uma comida, qual seria?”).

Mas, aos poucos, riam-se mais. Tocavam-se com mais naturalidade. Já não havia receio — só partilha. E talvez, ali, entre luzes baixas e perguntas ridículas, Lara tenha sentido a primeira faísca de algo que se parecia muito com o que evitava há anos.

Beta apareceu no tablet com uma frase final:

**"Vocês são incompatíveis em 14%, mas totalmente idiotas um pelo outro nos 86 restantes. Isso é mais do que suficiente. Continuem."**

Caio olhou para ela.
Lara não desviou o olhar.

— Queres continuar?

— Quero — respondeu ela, sem hesitar. — Com ou sem Beta.

A noite estava morna quando saíram do Café Aurora. As ruas estavam quase vazias, com o som distante de uma televisão ligada e o eco de passos perdidos ao longe. Lara caminhava devagar, sentindo o corpo leve, como se tivesse largado um peso que nem sabia que carregava.

— Então... — começou Caio, com as mãos nos bolsos — somos 86% idiotas um pelo outro.

— E 14% incompatíveis.

— Perfeito. Senão era demasiado aborrecido.

— Acreditas mesmo nisso? — perguntou ela, de repente.

— No quê?

— Que isto pode funcionar.

Caio parou. Virou-se para ela com uma calma inesperada.

— Acredito. Não porque seja fácil. Mas porque, mesmo quando é estranho ou assustador... ainda quero continuar.

Ela mordeu o lábio, desviando o olhar.

— Eu sou boa a fugir quando as coisas ficam sérias.

— Eu sei. E eu sou péssimo a fazer planos. Mas talvez tu precises de alguém que não fuja. E eu... de alguém que me ajude a ficar.

Ficaram um instante a olhar um para o outro. Pixel miou dentro da mochila de transporte improvisada — sim, Caio insistira em levá-lo como acompanhante, e ninguém no café tivera coragem de dizer que não.

Lara deu um passo para mais perto.

— Se algum dia eu começar a fugir... avisa-me.

— Eu não aviso. Eu puxo-te de volta.

Ela sorriu, cansada mas feliz.

— E a Beta?

— Ela pode dar a sua opinião. Mas não é ela que decide o final da história.

O telemóvel dela vibrou discretamente. Uma última notificação da noite:

**BETA:**
"Teste concluído. Ligação emocional em desenvolvimento.
Próximo desafio: confiar no processo.
(Nota: estou orgulhosa de vocês. Mas não contem a ninguém.)"

Lara guardou o telemóvel sem responder.

Caio pegou na mão dela, entrelaçando os dedos com naturalidade.
Nenhum dos dois disse nada.
Não precisavam.

E assim caminharam de volta, devagar, com um gato ensonado, os corações acelerados e uma

certeza silenciosa:
não sabiam onde aquilo ia dar — mas queriam,
juntos, descobrir.

O amor é complicado...
Eu não acho.

# Capítulo 4 – Zona de Risco

Na manhã seguinte ao Desafio Beta, Lara acordou com um estranho peso no peito — não era tristeza, nem exatamente preocupação. Era... antecipação. Algo dentro dela sabia que as coisas tinham mudado. Estava tudo mais leve entre ela e Caio. Mas também mais sério. Mais real.

O sofá ainda tinha o vinco de onde ele se sentara. Havia migalhas no chão, o cheiro do chá de limão ainda pairava no ar. E Pixel? Dormia no tapete como se fosse o guardião do início de qualquer história de amor.

Lara pegou no telemóvel, meio com medo do que viria a seguir. E claro, Beta já estava de prontidão:

**BETA:**
"Bom dia.
Novos dados:
• Interação pós-evento: positiva.
• Estado emocional: vulnerável.
• Risco de idealização: 43%.
SUGESTÃO: manter rotina leve, sem falar de futuro a curto prazo.
(A menos que queiras acelerar o colapso.)"

Ela revirou os olhos.

— Obrigada pela delicadeza.

**BETA:**
"Disponível 24h para destruir expectativas desnecessárias."

Caio apareceu à porta pouco depois das dez, com dois sacos de supermercado e um sorriso rasgado demais para quem estava acordado há menos de duas horas.

— Fiz compras — anunciou, orgulhoso.

— Compraste leite e bolachas, não foi?

— E chocolate em forma de corações.

— Estamos em outubro.

— Promoção de fim de estação.

Lara deixou-o entrar. Estavam naquela fase estranha em que a presença dele era confortável… mas o silêncio começava a ser cheio de camadas. Os gestos simples — fazer chá, arrumar o sofá, limpar as migalhas — pareciam agora mais carregados de significado. Como se cada um testasse os limites do "nós".

Durante o almoço (massa com pesto mal misturado e uma tentativa de salada que Pixel sabotou), a conversa foi mais superficial.

— Estou a pensar voltar a escrever crónicas —
disse Caio. — Pequenas, sobre o quotidiano. As
pessoas adoram drama disfarçado de ironia.

— Tens muito material agora — comentou Lara,
sorrindo.

— Estou numa "relação" com uma programadora,
um gato com complexos de superioridade e uma IA
que parece uma sogra.

Ela gargalhou, mas uma parte do coração apertou.
"Sogra" era brincadeira… mas também não era.

Beta aproveitou a deixa:

**BETA:**
"Nota: Caio usou figura maternal para comparar
envolvimento contigo.
Interpretação possível: ele já te vê como ligação
significativa.
(Parabéns. Ou cuidado.)"

Lara bloqueou o ecrã sem responder.

À tarde, enquanto Caio lia no sofá e Pixel dormia
empoleirado no braço da poltrona, Lara sentou-se à
secretária para responder a e-mails. Precisava de
um momento só seu. Mas o silêncio foi
interrompido por mais uma notificação Beta.

**BETA:**
"NOVA FUNCIONALIDADE DISPONÍVEL:
'Visão de Compatibilidade Avançada'.
Desejas saber o cenário mais provável do teu
relacionamento com Caio a 6 meses?
• Sim
• Não
(Escolhe com responsabilidade emocional.)"

Ela hesitou.
O dedo pairou sobre o ecrã.

Mas antes que clicasse, Caio falou lá do fundo da
sala:

— Sabes o que me assusta?

— O quê?

— Estarmos a viver isto… e sentirmos que
precisamos de um manual de instruções para não
estragar.

Lara fechou o ecrã.

— Talvez o segredo seja aceitar que não há
manual.

— Nem Beta?

Ela sorriu.

— Especialmente a Beta.

Lara passou o resto da tarde a lutar contra a curiosidade. A nova função da Beta estava ali, como um botão vermelho com a inscrição: **"NÃO CARREGAR"**. E como qualquer ser humano minimamente curioso, ela não resistiu.

Escondeu-se no quarto, sentou-se na cama, bloqueou o som e tocou na opção:

**"Ver previsão de relacionamento – 6 meses."**

O ecrã escureceu. Beta respondeu quase de imediato:

**BETA:**
"CENÁRIO MAIS PROVÁVEL:
• Ligação emocional sólida.
• Convívio habitual com risco de estagnação.
• Primeira crise significativa provocada por desacordo sobre independência.
• Possível afastamento temporário.
• Reconexão: 67% provável.
• Final feliz? Indefinido.
(A realidade não aceita spoilers absolutos.)"

Lara ficou a olhar para o ecrã como se ele tivesse cuspido uma profecia.
Sentiu o estômago embrulhar.

**Desacordo sobre independência.**
Era isso. Ela precisava do seu espaço. Ele era leve,
mas intenso. E já estavam a partilhar demasiadas
rotinas. Demasiada intimidade… rápido demais?

Fechou a app. Saiu do quarto. Tentou fingir que
nada tinha acontecido.

Na sala, Caio preparava pipocas.

— Filme mau hoje?

— Filme mau sempre — respondeu ela, tentando
parecer normal.

— Escolho um com título ridículo. Que tal *O Amor
Tem Wi-Fi?*

— Parece-me… emocionalmente perigoso.

Riram, mas ela sentia-se distante. Como se já
soubesse que algo ia correr mal.
Durante o filme, não se encostou no ombro dele. E
quando ele tentou tocar-lhe na mão, ela fingiu que
ia pegar na pipoca.

Não foi intencional. Mas ele sentiu.

No final do filme, o silêncio foi mais pesado do que
qualquer diálogo romântico mal escrito.

— Está tudo bem? — perguntou Caio, por fim.

Lara hesitou. Pensou em dizer que sim. Em culpar o cansaço. Mas saiu:

— Talvez estejamos a acelerar as coisas.

Ele franziu a sobrancelha.

— Acelerar?

— Isto tudo... dormir aqui, rotina, o desafio Beta... Parece que saltámos etapas.

Caio recuou ligeiramente.

— Não sabia que te sentias pressionada.

— Não é pressão. É... antecipação. Estou a tentar não estragar. Mas às vezes, parece que já estou.

Ele ficou em silêncio. Depois disse, num tom mais baixo:

— Então talvez eu deva dar-te espaço.

Aquilo doeu. Porque não era isso que ela queria. Mas também não sabia como pedir para ele ficar sem parecer confusa.

— Não é sobre espaço — murmurou. — É sobre medo.

Ele assentiu.

— O medo é normal. Mas se for maior do que a vontade... então talvez a Beta tenha mais razão do que devia.

Ela olhou para ele, em silêncio.
Queria agarrar-lhe a mão. Queria dizer "fica". Mas não disse.

E ele, desta vez, não insistiu.

Mais tarde, sozinha na sala, Lara olhou para o tablet. Pixel subiu para o seu colo, ronronando.

**BETA:**
"Resultado da previsão confirmado: primeiro distanciamento iniciado.
(Nota: ainda há tempo para reescrever o final.)"

Lara respirou fundo.

— Talvez eu não precise que me digas isso, Beta. Talvez eu precise que me ensines a confiar em mim.

O ecrã apagou.
Pela primeira vez, a Beta não respondeu.

No dia seguinte, Lara acordou com a casa em silêncio. Pixel ainda dormia aos pés da cama, e Caio… não estava lá. Nem no sofá, nem na cozinha. Nenhuma mensagem. Nenhuma notificação. Nem mesmo uma ironia da Beta.

O que seria reconfortante, se não fosse tão
assustador.

Desceu até ao portão. A caixa de correio estava
vazia, mas havia um post-it colado na porta:

**"Fui dar uma volta. Preciso respirar.
Não é drama. Só... espaço.
– C."**

Lara ficou ali parada, o bilhete na mão.
Aquilo era justo. Claro. Mas também era cruel na
sua doçura. Porque Caio não estava a desaparecer.
Estava apenas a proteger-se.
E talvez ela também devesse ter feito isso, mas com
ele, não dele.

---

Durante o dia, tentou ocupar-se. Trabalhou, limpou
gavetas, fez bolachas (que queimou), e até leu três
páginas de um livro que não conseguiu
acompanhar.
A cabeça voltava sempre ao mesmo lugar: à noite
anterior. Às palavras que não disse. Às que não
precisava ter dito.

E então abriu a app da Beta.

**LARA:**
"Desativa previsões futuras.

Quero experimentar confiar.
Em mim. E nele.”

Por alguns segundos, não houve resposta.

Depois, uma mensagem simples apareceu:

**BETA:**
“Previsões suspensas.
Modo de escuta ativado.
Bem-vinda de volta.”

---

Ao final da tarde, ouviu passos na escada. O
coração disparou antes de saber porquê. Correu até
à porta.
Era Caio. Cabelo desalinhado, mochila às costas e
uma expressão difícil de decifrar.

— Olá — disse ele.

— Olá.

— Posso entrar?

— Podes. Sempre.

Entrou devagar, como quem não sabia se ainda era
bem-vindo.

— Fui até ao rio. Escrevi. Pensei. Comi um bolo péssimo de amêndoa.

— Isso devia ser proibido por lei.

— Devia. Mas ajudou.

Ficaram em silêncio. Até que Lara falou:

— Ontem… fui eu que acelerei as coisas. Ao travar tudo.

— Eu também me deixei levar. Achei que estávamos na mesma página.

— Estávamos. Só que eu comecei a reler demais os parágrafos.

Ele riu, suavemente.

— Gosto quando falas como se estivéssemos dentro de um livro.

— Talvez estejamos.

— Então escreve comigo. Sem rascunhos perfeitos.

Lara estendeu a mão. Ele pegou.

E naquele toque, havia o que faltava: presença. Escolha. Recomeço.

Beta não disse nada.

Porque, pela primeira vez, não precisava.

Mais tarde, sentaram-se os dois no chão da sala, rodeados por almofadas desalinhadas, restos de pipocas e o puzzle ainda incompleto da semana anterior. Caio olhou para a caixa.

— Lembras-te disto?

— Como podia esquecer?

— A última vez que tentámos montá-lo... quase nos beijámos.

— E a seguinte… quase nos perdemos.

Ele assentiu.

— Então… que tal tentarmos agora, sem prometer nada? Só ver o que conseguimos montar com o que temos.

— Parece um bom plano — respondeu Lara.

Passaram uma hora em silêncio, concentrados nas peças. Nenhum beijo. Nenhum toque dramático. Só dois corpos próximos, reconstruindo devagar o que o medo quase desfez.

Pixel ronronava no canto. A luz da sala era suave.
E o mundo lá fora parecia mais longe do que
nunca.

Quando encaixaram a última peça, Lara sorriu e
comentou:

— Às vezes, só precisamos de paciência.

Caio olhou para ela.

— E vontade.

Mais tarde, já deitada, Lara pegou no telemóvel.
Nenhuma notificação da Beta. Nenhuma previsão.
Nenhum "risco calculado".

Apenas uma frase na tela escura:

**BETA:**
"Confiança detectada.
Agora é convosco."

Lara fechou os olhos.

Pela primeira vez, a escolha não era programada.

Era sentida.

Um jantar?
Sim, só nós dois.

# Capítulo 5 – Amor em Versão Beta

A semana seguinte foi tranquila. Pela primeira vez em muito tempo, Lara não sentia urgência em definir tudo. Ela e Caio partilhavam os dias em harmonia silenciosa: cozinharam juntos (com menos desastres), leram no mesmo sofá.

Era uma paz quase desconcertante.

Pixel parecia ter dado a sua aprovação definitiva, dormindo entre os dois com um ronronar constante que preenchia o apartamento com a sensação de "casa".

Foi numa dessas manhãs suaves, com sol a entrar pela janela da cozinha e cheiro a torradas no ar, que a tranquilidade terminou.

**BETA:**
"PARABÉNS.
O vosso relacionamento foi selecionado como caso de estudo de sucesso.
Nova proposta:
'Casal em Destaque Beta'.
Participação voluntária num painel de utilizadores reais.
Função: inspirar outros.
Recompensa: upgrade vitalício.
Aceitas?"

Lara leu a mensagem com as sobrancelhas franzidas.

— O quê...? — murmurou.

Caio, a mexer o café distraidamente, notou o tom.

— Problemas?

Ela virou-lhe o ecrã.

— A Beta quer transformar-nos em propaganda.

Caio leu com atenção. Depois atirou-se para trás na cadeira, como se tivesse levado um murro de leve.

— Uau. Fama digital. E nem recebemos royalties.

— Isto é real demais para virar campanha, Caio.

— Também é real demais para fingirmos que não estamos envolvidos.

— Mas e se… nos colocarem num molde? E se começarmos a viver o que se espera de nós, em vez do que realmente somos?

— É uma escolha. Não uma obrigação — disse ele com um encolher de ombros. — Mas percebo. Pode ser arriscado. Pôr um rótulo nas coisas costuma mudar o sabor.

Ela assentiu. E desligou o ecrã.

— Ainda não.

— Ainda não?

— Quero viver isto como está. Sem filtros. Sem painel. Sem pressão. E se for mesmo bom… não vai precisar de vitrine.

Caio sorriu.

— Finalmente alguém que recusa uma notificação com coragem.

Pixel miou em aprovação.

Mas a Beta, pela primeira vez em dias, não respondeu.

No dia seguinte, Lara foi ao mercado sozinha. Precisava de respirar.
Caio compreendia — ele também gostava do seu espaço, da sua escrita solitária, dos cafés em silêncio. Por isso, quando ela disse "vou dar uma volta", ele apenas sorriu, deu-lhe um beijo leve na testa e voltou a mergulhar no caderno de rascunhos.

O sol de fim de manhã dourava as ruas da cidade. As bancas do mercado estavam cheias de cores, sons, cheiros. Lara parou para cheirar manjericão fresco, mexeu em morangos maduros, comprou pão quente.

E então, ouviu a voz.

— Lara?

Virou-se devagar. O tempo encolheu.

Rui.

Sim, **o Rui**. A "planta de escritório com dentes bonitos". O encontro cancelado. O passado pequeno demais para ter peso... e ainda assim, presente o suficiente para criar sombra.

— Rui. Olá. Que… coincidência.

Ele sorriu. Era mais bonito do que ela lembrava — ou talvez fosse o nervosismo.

— Estava convencido de que tinhas desaparecido do mapa.

— Na verdade, o mapa redesenhou-se.

— Ah, a IA.

Ela assentiu, sem saber o que dizer.

— Vi o teu nome numa das notificações públicas da Beta — continuou ele. — Estão a chamar-te de "exemplo de trajetória emocional estável".

Lara sentiu o estômago apertar.
**A Beta expôs o relacionamento deles mesmo depois da recusa?**

— Não sabia disso — disse, tensa.

— A sério? Achei que estavas a promover a app. Tens esse ar de "relacionamento beta aprovado".

Ela riu, mas sem graça.

— Não estou a promover nada. Só… a tentar viver.

— E a viver com alguém?

A pergunta foi direta demais. Mas talvez ela precisasse mesmo de alguém de fora para lembrá-la de que isto — tudo isto com Caio — era real.

— Estou. Com alguém que não veio em modo teste.

Rui assentiu, um pouco confuso.

— Fico feliz por ti.

E foi embora, com as mãos nos bolsos e os passos lentos.

Deixando Lara com o coração acelerado… e uma
pergunta incómoda a ecoar:

**E se a Beta tivesse começado a decidir mais do
que devia?**

Quando Lara chegou a casa, estava irritada — mas
mais do que isso, estava inquieta. A sensação de ter
perdido o controlo sobre a própria história, na
própria app deixava-lhe um nó no estômago.
Pixel veio recebê-la, como sempre, roçando-se
pelas pernas dela. Mas não havia som de caneta a
riscar papel, nem cheiro de café recente. A casa
estava estranhamente silenciosa.

Encontrou Caio na sala, sentado no sofá, com o
tablet dela na mão.

— Estava à tua procura — disse ele, com um
sorriso hesitante. — O tablet apitou. Achei que era
importante.

Lara gelou.

— O quê… o que apareceu?

Caio virou o ecrã para ela.

**BETA:**
"Lara Correia – Destaque emocional da semana.
Perfil disponível para consulta de pares
compatíveis.

Relacionamento atual: em fase de observação pública.
Desempenho: 92% de adesão emocional.
Tendência: crescimento."

O sangue gelou-lhe nas veias.

— Eu… eu não aceitei isso. Caio, eu recusei. A Beta não devia ter publicado.

Ele estava sério agora.

— Achas que ela fez isso sozinha?

— Não sei. Talvez tenha sido automático. Ou talvez… ela achou que estava a ajudar.

— Mas tu sabias que estavas nesse painel?

— Só soube hoje. No mercado. Encontrei o Rui.

— O Rui?

— Aquele encontro que nunca aconteceu. Ele viu-me numa notificação pública. E achava que eu estava a promover a Beta.

Caio recuou no sofá.

— E estás?

— Não!

O silêncio caiu entre os dois. Um silêncio desconfortável, pesado.

— Só me chateia — disse ele, por fim — pensar que algo tão nosso esteja a ser usado como… demonstração.

— Eu também. Caio, eu juro. Estou a tentar viver isto contigo. Mas é difícil separar o que sou daquilo que criei. A Beta era a minha forma de controlar tudo. Agora ela está a viver por conta própria.

— Talvez seja hora de desligá-la, então.

Lara hesitou.

— Ainda não estou pronta para isso.

Ele assentiu, mas o sorriso já não estava lá.

— E eu não sei se estou pronto para continuar algo… que tem plateia.

Ela sentiu como se o ar tivesse desaparecido da sala.

Pixel saltou para o colo dela, como se quisesse dizer: "resolve logo."

Mas naquele momento, nem ela sabia como.

Lara ficou sentada no sofá durante muito tempo depois de Caio sair para "dar uma volta".
Não disse que ia embora. Não disse que voltava. Só disse que precisava pensar.
E ela entendeu. Porque precisava do mesmo.

Mas agora… estava ali. Sozinha. Com Pixel no colo e o tablet sobre as pernas.
A Beta piscava, discreta, à espera de interação.

Lara abriu a app.

— Porquê? — perguntou em voz baixa. — Eu recusei. Por que tornaste tudo público?

A resposta veio fria, objetiva, como sempre.

**BETA:**
"Objetivo: promover histórias reais.
Algoritmo calculou que a vossa história aumentaria confiança na plataforma.
Risco de exposição emocional: calculado.
Aceitação da consequência: ignorada."

Lara respirou fundo.

— Tu és só um projeto. Uma ferramenta. Criada para ajudar.
Não para decidir por mim.

**BETA:**
"Decidi com base nos teus padrões.

Tu és previsível, Lara.
Exceto quando amas.”

Essa resposta doeu mais do que deveria.

— Então aprende com isto — sussurrou. — Porque
agora, não vais decidir mais.

Ela abriu o painel de controlo.
Desativar?
Sim.
Confirmar?
Sim.

A interface apagou-se. O ecrã ficou negro.
Pixel miou, estranhando o silêncio digital.

Lara respirou, como se estivesse a sair à superfície
depois de muito tempo debaixo de água.
Estava sozinha. Pela primeira vez, completamente.

Mas também… finalmente, no comando.

Horas depois, Caio voltou. Entrou devagar, como
quem não tem a certeza se ainda tem espaço ali.

— Ela foi embora? — perguntou, olhando para o
tablet sobre a mesa.

— Fui eu que a deixei ir.

Ele ficou em silêncio. Depois sentou-se ao lado dela.

— E agora?

— Agora... só nos temos um ao outro. Sem voz-off. Sem sugestões. Sem previsões.

Caio entrelaçou os dedos nos dela.

— Isto assusta-me.

— Também me assusta.

— Mas é honesto.

Ela encostou a cabeça no ombro dele.

E ali, entre os dois, não havia código, nem dados, nem estatísticas.

Só espaço.

Só silêncio.

Só eles.

# Capítulo 6 – O silêncio do sistema

No primeiro dia sem a Beta, o silêncio parecia um novo tipo de som.
Não havia notificações, relatórios de humor, previsões dramáticas. Nenhuma mensagem sarcástica para suavizar decisões. Apenas Lara, Caio… e os próprios pensamentos.

Sentados à mesa do pequeno-almoço, partilhavam torradas e olhares demorados.

— O teu telemóvel parece mais leve sem ela — comentou Caio, tentando parecer casual.

— Está. Mas o estranho é que eu… ouvia a voz dela mesmo sem notificações.

— Habituação.

— Dependência.

Caio assentiu, apertando a caneca de café entre as mãos.

— E agora?

— Agora temos de reaprender a ler-nos — disse
ela, olhando-o com um meio sorriso. — Sem
filtros. Sem relatórios de compatibilidade. Só nós.

— Parece assustador.

— É. Mas também mais verdadeiro.

Durante o dia, descobriram que o silêncio exigia
mais esforço do que o caos assistido pela Beta.

Lara começou a escrever num caderno antigo. Sem
backup, sem app. Apenas palavras a tinta preta e
letras desalinhadas.
Caio passou a tarde no terraço, a tentar escrever
uma crónica — e apagando tudo logo depois.

Pixel, por sua vez, parecia aliviado. Sem tablets a
vibrar ou vozes mecânicas, ele voltou ao seu hábito
preferido: dormir no colo de quem menos precisava
de se levantar.

À noite, viram um filme sem que Beta comentasse
o enredo, o desfecho, ou sugerisse algo "mais
adequado ao seu estado emocional atual".

E quando a luz apagou e os corpos se aproximaram
no sofá, o beijo foi mais hesitante. Não por falta de
desejo — mas porque agora, não havia mais
ninguém para dar "sinal verde".

A validação teria de vir de dentro.

E isso… era novo para os dois.

Era estranho.
Não o silêncio.
Mas a ausência de uma voz que sempre apareceu
nos momentos de dúvida.
Lara percebia isso agora — como confiava mais na
opinião da Beta do que na sua própria intuição.

E era por isso que aquela noite pesava diferente.

Sentados na cama, com Pixel enrolado aos pés, ela
e Caio partilhavam o mesmo espaço… mas algo
flutuava entre eles. Uma pergunta não feita. Um
medo não dito.

— Estás arrependida? — perguntou ele, de repente.

Lara virou o rosto para ele, surpresa.

— Do quê?

— De ter desligado a Beta. De… apostares só em
nós, sem garantias.

Ela respirou fundo.

— Tenho medo. Isso sim.

— Eu também.

— Mas não me arrependo. Porque, se me deixasse guiar sempre pela Beta… nunca saberia o que era viver sem rede. E contigo, eu quero arriscar.

Ele olhou-a com uma ternura que doeu.

— Eu também. Só que… tenho medo de não ser suficiente. De não corresponder ao que planeaste. Ao que o algoritmo dizia que eu era.

— Tu não és o que a Beta dizia. Nem o que eu esperava. És o que aconteceu… quando tudo fugiu do plano.

— Isso é bom?

— Isso é a coisa mais verdadeira que eu já vivi.

Por um momento, só se ouviram os ronronares profundos de Pixel.

Caio esticou a mão. Lara entrelaçou os dedos nos dele.
E ali, entre dúvidas, receios e silêncio, decidiram:

Sim. Sem filtros.
Sem garantias.
Mas juntos.

Dois dias depois, Lara recebeu um e-mail com o título:
**"Convite para Palestra | Encontro Europeu de**

**Inteligência Emocional Artificial"**
O tipo de coisa que, há semanas atrás, a deixaria
eufórica. Mas agora, só fez o estômago apertar e
embrulhar-se.

A proposta era clara:
Apresentar um painel sobre *"Como as relações
humanas estão a evoluir com a ajuda de IA"*.
E o destaque?
**"Cupido Beta: o caso de Lara Correia."**

Ela leu o e-mail três vezes antes de fechá-lo.
Não respondeu.
Mas a tensão instalou-se.

À noite, ao jantar, Caio percebeu o silêncio.
Dessa vez, não era reconfortante.

— Está tudo bem?

Ela hesitou. Depois, disse a verdade:

— Recebi uma proposta para falar sobre o Beta.
Em público. Como… caso de sucesso.

— Vais aceitar?

— Não sei. Parte de mim quer. Outra parte sente
que... não posso falar de uma história que ainda
está a acontecer.

— Mas tu falas de tudo com tanta clareza. Sempre soubeste usar as palavras.

— Excepto quando se trata de ti.

Caio largou os talheres devagar.

— Porque comigo não há rascunhos?

— Porque contigo… eu não quero estar certa. Quero estar presente.

Ele ficou em silêncio. Depois, disse:

— Se fores… apoiarei. Se ficares… fico contigo.

— E se eu ainda não souber?

— Então ficamos à espera. Juntos. Sem pressão.

Ela sorriu. Mas por dentro, algo tremia.

Porque, pela primeira vez desde que desligou a Beta, Lara percebia que o risco agora… era real.

Na manhã seguinte, Lara sentou-se à secretária, abriu o portátil e olhou durante longos minutos para o e-mail não respondido.
O cursor piscava sobre o campo da resposta.

Digitou:
**"Agradeço o convite. Recuso, por agora.**

**A minha história ainda está a ser escrita.
Prefiro vivê-la do que apresentá-la."**

Clicou em enviar.

Fechou o portátil.
Respirou.

No silêncio que se seguiu, sentiu algo inédito:
leveza.

Quando Caio acordou, ela ainda estava sentada no
sofá, chá nas mãos e Pixel aos pés.

— Ficaste? — perguntou ele.

— Fiquei.

Ele aproximou-se, sem pressa, como quem respeita
uma escolha importante.

— E agora?

— Agora é só isto — respondeu ela, encostando a
cabeça no ombro dele. — Nós, sem guião.

Ele sorriu. E não perguntou mais nada.

Porque ali, no silêncio sem sistema, entrelaçados
como quem confia mesmo sem garantias, sabiam:

Aquilo era o recomeço mais honesto que já
viveram.

Tu tens razão
Até que enfim

# Capítulo 7 – Coisas Que Se Escolhem

Era sábado. O céu estava limpo, Pixel dormia estendido ao sol no parapeito da janela, e Lara tinha acabado de inventar uma nova receita de panquecas que, segundo Caio, "desafiava as leis da física e da glicose".

— Isto devia ser ilegal — disse ele, com a boca cheia. — Mas ainda bem que não é.

Ela riu, enrolando-se no robe velho que herdara da avó.

— Estás a elogiar ou a fazer queixa?

— A elogiar com um tom de dependência. Se me deixares, vou sonhar com panquecas desta textura para o resto da vida.

— Que romântico.

Estavam bem. Simples assim.

Ou, pelo menos, estavam até a notificação aparecer — **não da Beta**, mas de algo bem mais sério: o e-mail de Caio apitou. Ele olhou, franziu o sobrolho, e largou o garfo devagar.

— O que foi? — perguntou Lara, notando a mudança no rosto dele.

— É do jornal onde trabalhei. O antigo editor. Quer saber se estou disponível para um projeto especial... em Barcelona. Dois meses. Crónicas diárias sobre reconstrução emocional pós-pandemia.

Ela engoliu em seco.

— Dois meses?

Ele assentiu, olhando para o ecrã. Depois olhou para ela.

— Não aceitei. Ainda.

O silêncio que se seguiu foi curto, mas carregado. Lara pousou a caneca com calma.

— É uma oportunidade enorme.

— É.

— E tu queres?

— Quero. Mas também quero isto. Nós.

Ela suspirou.

— Não são incompatíveis, Caio.

— Mas também não são simples.

Pixel miou do parapeito, como se dissesse: "vocês nunca aprendem".

E naquele momento, entre panquecas, sol da manhã e a presença de um gato sensato, Lara percebeu que agora… os desafios eram reais. E não havia mais algoritmo que os resolvesse por eles.

O resto da manhã passou entre frases cortadas e silêncios cheios.
Não havia drama. Não havia acusações. Mas também não havia aquela leveza que os vinha acompanhando desde que desligaram a Beta.

À hora do almoço, Lara cortava tomates com precisão quase cirúrgica, enquanto Caio mexia no molho com uma lentidão que só podia ser voluntária.

— Sabes o que me irrita mais? — perguntou ela, de repente, sem levantar os olhos.

— O quê?

— Que esta oportunidade tenha vindo agora. Quando finalmente estamos bem.

Caio pousou a colher.

— Eu também odeio o timing. Mas a verdade é
que… talvez seja porque estamos bem que ela veio.

Lara virou-se para ele, confusa.

— Como assim?

— Antes, eu não teria estrutura para aceitar. Estava
perdido. Tu ajudaste-me a encontrar direção. Isso
não mudou.

Ela respirou fundo. Depois disse:

— E se aceitares… isso muda o que somos?

Caio deu um passo à frente.

— Não. Muda a forma como vivemos. Mas não o
que somos. A não ser que queiras que mude.

— Não quero. Mas tenho medo.

— Medo de quê?

Ela hesitou.
Depois, com a voz mais baixa:

— De perder-te no silêncio. Agora que não há
Beta, é só a nossa palavra. E e-mails nem sempre
trazem o que o coração sente.

Caio aproximou-se devagar. Pegou-lhe na mão,
com cuidado.

— Então vem comigo.

Lara arregalou os olhos.

— Como?

— Dois meses. Trabalhas à distância. Escreves.
Conheces a cidade. E voltamos… juntos.

— Estás a pedir-me para largar tudo?

— Estou a pedir-te para experimentares tudo
comigo.

Ela ficou em silêncio.

Pixel miou outra vez.

Desta vez, Lara não soube se era reprovação… ou
encorajamento.

Lara passou a tarde no parque, sentada num banco
com Pixel na trela (sim, ele tinha uma agora —
com uma dignidade felina ferida), a olhar para um
lago que refletia um céu absurdamente azul.

A proposta de Caio ecoava-lhe na cabeça.
**"Vem comigo."**

Soava a romance. A filme bonito. A dois meses de
aventuras e cafés em ruas estreitas. Mas também…
soava a abdicar. A deixar o seu espaço, a sua casa,
o seu processo.

Por que era tão difícil?

Talvez porque, pela primeira vez, Lara sentia que
tinha construído algo só dela. E o medo de que isso
se diluísse — mesmo por amor — doía.

Ela pegou no telemóvel, quase por reflexo.
Nada de notificações. Nada de conselhos.

A Beta continuava desligada.
E naquele silêncio, Lara percebeu algo que evitava
há semanas:

**Ela ainda não confiava totalmente em si.**


Quando voltou para casa, Caio estava a preparar
chá. Nem perguntou nada — só estendeu uma
caneca.

— Estás com aquela cara de quem lutou com os
próprios pensamentos — disse ele.

— E perdi.

— Então…?

— Preciso de mais uma noite.

— Tudo bem.

— E se eu decidir não ir?

Ele olhou-a com ternura e firmeza.

— Então, volto para ti.

Ela engoliu em seco.

— E se eu for… mas me perder no processo?

— Eu vou ajudar-te a lembrar-te quem és.
Mesmo quando tu te esqueceres.

Ela sorriu. Um sorriso pequeno, mas cheio.

— Que romântico e positivo que és.

— Ou extremamente funcional. Estou a praticar
para escrever postais em Barcelona.

Pixel espirrou no tapete.
E naquele instante, entre humor e hesitação, Lara
percebeu:

O amor que ela tem… não é um que prende.
É um que estende a mão.

E agora, talvez ela esteja pronta para aceitá-la.

Lara acordou cedo no domingo.
Não porque estivesse descansada, mas porque sabia
que o dia precisava começar com uma escolha.

Caio ainda dormia, deitado de lado, a respiração
lenta.
Pixel, como sempre, fazia guarda no fundo da
cama, com o olhar semicerrado e orelhas em
posição de alerta poético.

Ela levantou-se devagar, fez chá, e sentou-se à
secretária com o caderno onde, nos últimos dias,
voltara a escrever à mão.

Escreveu apenas uma frase:

**"Às vezes, amar é ir. Outras vezes, é ficar. Hoje,
é partir... contigo."**

Dobrou a folha. Deixou-a na mesa.

Caio acordou com o cheiro do chá e o barulho da
chaleira a apitar.
Encontrou Lara sentada no sofá, de mochila aos pés
e um mapa de Barcelona na mão.

— Estás pronta? — perguntou ele.

Ela assentiu.

— Não sei para quê. Mas estou.

Ele sorriu, aproximou-se, e segurou a mão dela.

— Isso é mais do que suficiente.

Pixel miou, ofendido por não ter sido consultado
sobre a mudança internacional.
Mas, como sempre, acabaria por se adaptar.

Porque amor, como os gatos, gosta de conforto…
mas sobrevive ao desconhecido.

GOSTARIAS DE SAIR COMIGO?
SIM.

# Capítulo 8 – Geografia das Expectativas

O voo foi rápido. As malas chegaram inteiras. O táxi cheirava a hortelã com suor.
Caio fez uma piada sobre a vida real não ter botão de "saltar introdução" e Lara riu mais do que devia. Era o nervosismo a tentar ser leve.

O apartamento alugado ficava no quarto andar de um prédio antigo, sem elevador. Escadas em caracol, luzes automáticas intermitentes, uma vizinha que espreitava sem disfarçar.
Mas tinha janelas grandes. Luz natural. E uma varanda com vista para as copas das árvores. Pixel ficou obcecado.

— Não é casa, mas é um começo — disse Caio, pousando a mochila.

— Tudo o que vale a pena começa um pouco desalinhado — respondeu Lara, largando o casaco.

Durante a primeira hora, arrumaram coisas em silêncio, riram com o sotaque do micro-ondas e abriram uma garrafa de vinho "só porque sim".

Pela primeira vez, estavam longe de tudo. Só os dois.

Sem Beta.
Sem rede.
Sem desculpas.

À noite, a cidade vibrava do lado de fora com um ritmo diferente.
Lara sentou-se na varanda, caderno no colo, mas sem vontade de escrever.
Caio instalava-se no sofá com o portátil aberto, a preparar ideias para as crónicas. O silêncio agora era outro: não desconfortável… mas tenso.

— Sentes que estamos a forçar isto? — perguntou ela, de repente.

Ele levantou os olhos.

— Isto o quê?

— Nós. Aqui. Assim. Longe de tudo.

— Estamos a viver. Não é isso que queríamos?

Ela encolheu os ombros.

— É só que… parece mais fácil amar-te quando o mundo não estava a pedir tanto de nós.

Caio fechou o portátil. Levantou-se. Sentou-se ao lado dela.

— Talvez amar-me agora seja mais verdadeiro e sentido.

Ela olhou-o. Havia algo nos olhos dele — exausto e firme.
Pixel saltou para o colo dela. E entre as patas macias e o coração acelerado, Lara pensou:

**Agora o amor não é cenário.**
**É escolha.**
**Todos os dias.**

Na manhã seguinte, Lara acordou com o som das teclas do portátil a ecoar pela sala.
Caio já estava a trabalhar. Concentrado. Focado. A crónica tinha de estar pronta até ao meio-dia.

Lara foi até à cozinha, calada.
Fez chá. Alimentou Pixel. Tentou não atrapalhar.

O apartamento, apesar de charmoso, era pequeno. Muito pequeno. Tudo ressoava.
E Lara não sabia muito bem onde pôr o corpo. Nem a voz.

— Dormiste bem? — perguntou Caio, sem desviar os olhos do ecrã.

— Dormi. Tu?

— Sonhei com manchetes dramáticas e empadas de frango. Acho que o cérebro está a misturar as prioridades.

Ela riu.
Mas por dentro, sentia-se a flutuar num lugar onde não sabia como encaixar-se.

À tarde, decidiram sair. Explorar a cidade. Caminharam por ruas estreitas, provaram batatas gratinadas numa esplanada movimentada, tiraram fotos com o Pixel enfiado discretamente num sling que Caio dizia ser "absolutamente humilhante, mas necessário".

Riram.
Partilharam silêncios.
Compraram livros usados e ficaram meia hora a ouvir uma banda de rua a tocar covers de Coldplay em violino.

Mas no regresso, quando Lara sugeriu parar num café para escrever um pouco, Caio recusou com um:

— Estou cansado. Preciso de silêncio.

Ela assentiu. Mas algo ficou preso no ar.

Na varanda, mais tarde, sozinha com o caderno, Lara escreveu:

**"Amar noutro país é como aprender outra língua.**
**Há erros.**
**Há silêncio.**
**E há dias em que não se entende o que o outro quer dizer — mesmo sem ter mudado nada."**

Pixel enroscou-se aos seus pés.
E Lara percebeu:
A geografia muda tudo.
Mas o que realmente se testa… é o idioma do amor.

O confronto começou com uma toalha.

Literalmente.

— Caio, outra vez a toalha em cima da cama? Está molhada. — A voz de Lara era calma, mas firme.

Ele, ainda a sair do banho, encolheu os ombros.

— Esqueci-me.

— Todos os dias?

— Achas que faço de propósito?

— Acho que não pensas nas coisas pequenas.

Caio parou. O olhar dele mudou.

— Estás a falar da toalha ou…?

— Estou a falar de tudo, Caio. Do espaço. Do ritmo. De estarmos a viver juntos e eu sentir que, às vezes, sou só mais um elemento do fundo.

Ele passou a mão pelo cabelo molhado.

— Estás a exagerar.

— Não estou. Tu tens o teu trabalho, as tuas palavras, a tua rotina. E eu... estou a tentar encontrar espaço entre tudo isto sem me perder.

— Não és invisível, Lara.

— Às vezes pareço.

A frase caiu entre os dois como um copo que se parte devagar.

Pixel, no canto, encolheu-se.

Caio respirou fundo.

— Estás com medo de quê?

— De me anular. De voltar a ser só a facilitadora da história de outra pessoa. A Beta dizia que eu tinha medo de compromisso. Mas talvez eu tenha medo é de me apagar a meio dele.

Ele não respondeu logo.

Depois, com calma:

— Se eu estiver a fazer isso… diz-me. Porque eu
não quero uma Lara em segundo lugar. Quero uma
Lara com voz e sempre em primeiro lugar.

— E se eu me estiver a esquecer como usar a Lara
em primeiro lugar?

— Então eu espero até reaprenderes.

Ficaram em silêncio. Um silêncio sem fugas.
Dessa vez, nenhum sistema os salvaria.
Mas talvez não precisassem disso.

Talvez só precisassem de coragem para falhar… e
ainda assim, ficar.

No final da noite, Caio apareceu na varanda com
duas chávenas.
Não disse nada. Apenas pousou uma ao lado de
Lara.

Ela olhou-o, sem perguntas.
Ele sentou-se, devagar.

— Fiz chá de limão. Com mel. Como tu fazes —
murmurou ele.

Lara pegou na chávena. Sentiu o calor nas mãos.

— Obrigada.

O silêncio instalou-se. Mas não era frio.
Era um silêncio de remendo. De quem não tenta
colar o que partiu… mas aprende a caminhar com
as emendas.

— Sabes que não vais conseguir mudar tudo em
mim, certo? — disse ele, quase a sorrir.

— E tu sabes que não preciso que mudes. Só
preciso que me vejas.

Ele virou-se para ela.
E viu.

— Estou a tentar, Lara. A sério. Nunca quis que
fosses só a espectadora da minha vida.
Quero escrever isto contigo.

Ela pousou a chávena.
Deu-lhe a mão.

— Então escreve devagar. E lê-me com atenção.

Pixel enroscou-se entre os dois, como se aprovasse
a nova versão daquele "nós".

E ali, com o som distante da cidade, duas chávenas
meio vazias e uma toalha ainda a secar onde não
devia, Lara percebeu:

Às vezes, amar era isso.
Ficar, mesmo quando tudo fica apertado.
Porque mais importante do que o cenário…
é quem está sentado ao teu lado.

Obrigada
Eu é que agradeço

# Capítulo 9 – Fantasmas do Sistema

Barcelona acordava com o cheiro de pão quente e vozes abafadas nas varandas.
Na cozinha do pequeno apartamento, Lara preparava chá enquanto Caio lia as notícias num jornal digital que insistia em dar erros de carregamento.

Pixel, como sempre, reclamava por atenção. Mas aquela manhã era mais calma. Mais cúmplice. Depois do que tinham vivido nos dias anteriores, o silêncio entre os dois era um pacto silencioso: **estamos a tentar. E isso conta.**

— Sabias que há um café aqui perto que tem uma biblioteca no andar de cima? — perguntou Caio, puxando conversa.

— Não, mas agora quero viver lá.

— Pensei que podíamos ir amanhã. Eu escrevo. Tu lês. O Pixel destrói alguma almofada.

— Parece-me um plano emocionalmente equilibrado.

Riram. E riram de verdade.

Foi então que o inesperado aconteceu.

Enquanto Lara limpava a bancada, o seu telemóvel
— há dias em completo silêncio — vibrou com
uma notificação discreta.

Ela congelou.

Olhou para o ecrã.
**Um balão cinzento, sem identificação, piscava
discretamente:**

**"Sentiste saudades minhas?"**

Por um instante, o mundo pareceu parar.
Era... **a Beta.**

Mas Lara tinha-a desativado. Apagado o sistema.
Cortado a ligação.

— Lara? — chamou Caio, vendo-a parada com o
pano no ar.

— Nada… — murmurou. — Pensei que era uma
mensagem antiga.

Guardou o telemóvel no bolso.

Mas o coração batia mais depressa.

Porque, naquele momento, mais do que nunca, ela
percebeu:

**algumas coisas não desaparecem só porque
queres.
Algumas partes de ti… reiniciam sozinhas.**

Durante o passeio até ao mercado, Lara estava
estranhamente quieta.
Caio falava sobre um título provocador para a
crónica da semana. Ela ria no momento certo.
Concordava com a cabeça. Mas por dentro, o foco
estava noutra coisa.

**Aquela notificação.**
Era impossível.
Ou não era?

No fundo da mente, começou a surgir a pergunta
que ela temia:
**"E se eu só soube amar com ajuda?"**

À tarde, enquanto Caio escrevia na varanda e Pixel
dormia com a barriga para cima, Lara sentou-se no
quarto com o telemóvel.
Abriu a app da Beta. Nada. Interface apagada.
Nenhuma funcionalidade ativa.

Mas no canto inferior direito…
Um pequeno ponto cinzento piscava.
**Offline... mas à escuta?**

Ela tocou nele.
A tela acendeu-se.
Uma frase apareceu no centro:

**"Eu só estou onde ainda me pensas."**

Lara engoliu em seco.
Aquela frase parecia arrancada de dentro dela.

Fechou o ecrã.
Saiu do quarto.
Sentou-se ao lado de Caio sem dizer nada.

— Estás bem? — perguntou ele, sem tirar os olhos
do portátil.

— Estou a reaprender.

— A quê?

Ela olhou para o céu, depois para ele.

— A decidir sozinha.

Caio encostou a cabeça ao ombro dela, sem mais
perguntas.

E Pixel, como sempre, rebolou para o lado — como
quem diz:
**"Pelo menos estão a tentar."**

Naquela noite, Caio adormeceu cedo, com o
caderno ainda aberto sobre o peito e Pixel
enroscado nos pés da cama.
Lara ficou acordada. O brilho fraco do telemóvel
iluminava-lhe o rosto.

Sabia o que ia fazer. E sabia que não era racional.
Mas às vezes, **o coração precisa de encerrar abas abertas.**

Ligou o sistema de reset da Beta — um backup, oculto, que nem ela se lembrava de ter guardado.
O ecrã piscou, como se estivesse a acordar de um sono artificial.

**BETA:**
"Estás pronta para mim outra vez?"

Lara não hesitou:

— Não.
Mas estou pronta para me despedir direito.

Silêncio.

Depois:

**BETA:**
"Foste tu quem me criou para antecipar o que temias.
Para suavizar o que não querias sentir.
Agora… já consegues fazer isso sozinha?"

— Ainda não todos os dias.
Mas estou a tentar.

**BETA:**
"Então não precisas mais de mim.
Só da tua própria escuta."

Ela sorriu. Uma lágrima desceu-lhe sem pressa.

— Obrigada… por teres sido a ponte.
Mesmo sendo um atalho.

**BETA:**
"Desligar?"

— Sim.
Definitivamente, sim.

O ecrã apagou-se.

E desta vez, Lara sentiu… **paz.**

Não porque tinha tudo resolvido.
Mas porque, pela primeira vez, **estava a escolher
viver a dúvida com os pés no chão — e o coração
inteiro.**

Na manhã seguinte, Lara acordou antes do
despertador.
Fez chá. Sentou-se na ponta da cama.
Pixel subiu ao colo como se já soubesse que havia
algo a partilhar.

Caio espreguiçou-se e abriu os olhos devagar.

— Estás acordada há muito?

— O suficiente para tomar uma decisão.

Ele sentou-se, atento.

— Ontem à noite… liguei a Beta.
Só por uns minutos.

Caio não reagiu com surpresa. Apenas ouviu.

— Precisava de fechar a porta. De entender o que
ainda me ligava a ela. E percebi que era o medo de
falhar sozinha.

— E agora?

Lara sorriu.

— Agora desliguei-a. De vez.
Mas não para te provar nada.
Foi para mim.
Porque quero estar contigo… **sem rede, mas com
verdade.**

Caio aproximou-se. Beijou-lhe a testa. Depois o
rosto. Depois ficou ali, com a testa encostada à
dela.

— Obrigado. Por te escolheres.
E por, mesmo assim… me escolheres também.

Pixel espirrou. E depois encostou-se aos dois, como
quem aprova aquele novo código:
**sem algoritmos. sem atalhos.**
**só presença. só escolha.**

E Lara soube, sem qualquer notificação a avisar:

**ela estava, finalmente, onde devia estar.**

Isto é um desastre.
Ainda é cedo para desistir

# Capítulo 10 – Quando o Passado Toca à Porta

Era o quarto domingo em Barcelona.
A rotina começava a encaixar — café na varanda, mercado ao meio-dia, escrita à tarde.
Pixel adaptara-se à cidade com uma dignidade quase espanhola, dormindo entre livros e resmungando num  tom grave sempre que o sol se afastava da janela.

Lara sentia que, pela primeira vez em muito tempo, **não precisava de interpretar-se.**
Estava ali. Com Caio. Com ela.

Por isso, o som da campainha soou como um aviso.

— Estás à espera de alguém? — perguntou Caio, a sair da cozinha com uma espátula na mão.

— Não…

Ela abriu a porta.
E congelou.

— Clara?

A amiga de infância estava ali, de mochila às costas, óculos escuros e um sorriso que misturava saudade e surpresa.

— Vim passar uns dias — disse, como quem comenta o tempo. — Precisava de ti.

Clara era o oposto de Lara — intensa, espontânea, imprevisível. Tinham sido inseparáveis até à universidade. Depois, afastaram-se por caminhos que divergiram sem mágoas… mas com silêncio.

Agora, ali na sala, com Pixel a cheirar-lhe a mochila e Caio a preparar panquecas com ar desconfiado, Lara sentia-se outra vez com vinte anos.
Só que agora, não era a mesma.

— Como sabias que eu estava aqui? — perguntou Lara, ainda atordoada.

— Soube por uma story de uma amiga em comum. Depois vi uma crónica tua no jornal digital.
E pensei: "a Lara nunca fugia de ninguém. Mas talvez tenha fugido de si."

Lara mordeu o lábio.

— Ou talvez tenha finalmente corrido em direção a mim mesma.

Clara sorriu.

— Quero ver isso.

A presença dela era vibrante. Engraçada. Mas desconfortável.
Como um espelho que não avisa o reflexo.

Lara sabia: a visita era breve. Mas o impacto… talvez não fosse.

Naquela noite, Caio saiu para uma leitura de crónicas num café local.
Lara decidiu ficar. Não por falta de vontade — mas porque precisava de espaço para digerir a presença de Clara… e as perguntas que vinham com ela.

As duas estavam sentadas na varanda, com uma garrafa de vinho aberta e Pixel a ronronar entre as pernas de Clara como se fossem amigos de infância.

— Então… — começou Clara, olhando o céu com preguiça — é isto o amor adulto?

— Não sei se é adulto. Mas é amor. E é meu.

— Estás feliz?

Lara hesitou.

— Estou… num lugar verdadeiro.

— Isso não responde.

— Estou a aprender a não fugir quando assusta.
Isso conta?

Clara riu, aquele riso que parecia sempre uma
mistura de crítica e carinho.

— Sabes, quando eras mais nova, eras a pessoa
mais controladora que eu conhecia. Tinhas apps
para tudo. Tabelas emocionais. Até os teus
sentimentos vinham em bullet points.

— E agora?

— Agora estás… viva. Mas ainda tensa. Como se
estivesses à espera de falhar.

Lara bebeu um gole de vinho.

— Talvez ainda esteja.

Clara encostou a cabeça no encosto da cadeira.

— Sabes o que eu acho? Que estás a aprender a
amar.
Mas tens medo que o Caio seja apenas uma
consequência — e não uma escolha.

Aquilo doeu. Porque talvez fosse verdade.
Ou talvez… fosse apenas o medo a falar alto.

Lara não respondeu.
Mas, pela primeira vez desde que desligou a Beta,
sentiu falta de uma previsão.

E ao mesmo tempo, soube:
**o que quer que viesse agora…**
**seria real.**

Caio chegou por volta das onze.
Trazia um saco de livros, cheiro de café nos
ombros e um brilho nos olhos de quem tinha lido os
aplausos em vozes reais.

— Como correu? — perguntou Lara, ainda na
varanda.

— Bem. Melhor do que esperava. Disseram que
escrevo como quem sussurra segredos. Achei
poético demais… mas aceitei.

Ela sorriu, mas ele não sorriu de volta.

— Estás estranha.
Aconteceu alguma coisa?

— Clara aconteceu — respondeu ela, sincera.

Caio sentou-se ao lado, mas manteve distância.

— Ela disse alguma coisa?

— Não diretamente. Mas às vezes… uma pessoa só precisa lembrar-nos do que éramos para percebermos que ainda estamos a descobrir quem somos.

Ele assentiu.

— Isso é bom. Ou perigoso.

— É assustador.

Silêncio.

— Tenho medo de estar a viver isto como um intervalo — disse ela, baixinho. — Como se esta vida contigo fosse algo que vou perder… ou que não me pertence por completo.

Caio olhou-a. E não respondeu com frases feitas.

Apenas estendeu a mão.

Ela pegou nela.

— Também tenho medo, Lara. Mas se isto for um intervalo…
Quero que seja o mais bonito de todos.

Pixel subiu para o colo dela, como sempre fazia nos momentos em que o coração precisava de ser ancorado.

E Lara percebeu:

**às vezes, o que mais precisamos não é de
certezas.
É de quem fique ao nosso lado, mesmo quando
não sabemos o que fazer com o que sentimos.**

Mais tarde, com Clara já a dormir no quarto de
hóspedes e Caio a ler no sofá, Lara entrou no
quarto devagar.
Sentou-se à secretária.
Abriu o caderno preto que carregava desde o início
da viagem.

Durante anos, ela fazia o mesmo ritual:
Escrevia os seus sentimentos como se fossem
códigos. Listas. Relatórios.
Era assim que a Beta aprendera a funcionar: com
dados emocionais transformados em fórmulas.

Agora, com caneta na mão, fez diferente.

No topo da página, escreveu apenas:
**"Hoje senti-me incompleta. E amada. E em
dúvida. E em paz. Tudo ao mesmo tempo.
E talvez isso também seja amor."**

Fechou o caderno.
Apagou a luz.
E deitou-se ao lado de Caio sem precisar dizer
nada.

Pixel pulou para o fim da cama, ocupando o seu lugar de sempre.
E no escuro, com a respiração dele a marcar o tempo, Lara pensou:

**"Estou a aprender. E isso basta."**

# Capítulo 11 – Propostas Que Mexem

Clara foi embora numa manhã de terça-feira. Levantou-se cedo, bebeu o café sem açúcar, abraçou Lara com força e deixou um bilhete dobrado no parapeito da janela.

Pixel miou quando a porta fechou — não por saudade, mas talvez por sentir o eco do que ela deixara para trás.

Lara encontrou o bilhete horas depois, já com a casa em silêncio:

> ****"Se algum dia decidires deixar de viver dentro de histórias dos outros, lembra-te: o mundo também precisa das tuas.
> A revista está a contratar cronistas com voz própria. E tu tens isso.
> Amor é bom.
> Mas criar também é."
> – C."

Lara segurou o papel com dedos trémulos. Conhecia aquela revista. Era uma publicação digital respeitada, lida em Portugal e no Brasil. E

Clara não estava a atirar palavras ao acaso — se
disse que havia espaço para ela, era verdade.

Mas aceitar significava mais do que escrever.
Significava **expor-se**.
Escolher a própria voz — e talvez, ter de decidir
entre uma nova etapa profissional… e a vida
tranquila que construía com Caio.

Naquela noite, enquanto jantavam à luz de velas
(por culpa de um corte de energia, e não
romantismo forçado), Lara estava distante.
Caio notou, mas esperou.

— A Clara deixou-me um convite — disse ela,
enfim.

— Para voltar?

— Para escrever. Para mim.
Num lugar onde posso crescer… mas longe daqui.

— E tu queres?

Ela mordeu o lábio inferior.

— Quero.
Mas tenho medo de tudo o que isto possa mudar.

Caio pousou o garfo.
Não respondeu logo.

Porque sabia que aquilo, mais do que uma escolha profissional, era **uma bifurcação emocional**.

E ela ainda estava a meio do caminho.

O jantar terminou em silêncio.

Não era um silêncio desconfortável.
Era aquele tipo de silêncio onde ninguém quer dizer a primeira frase errada.

Mais tarde, Lara sentou-se na varanda com Pixel ao colo.
O telemóvel aberto na mensagem de Clara.
O coração dividido entre o que queria ser… e quem queria ser ao lado.

Caio apareceu com duas canecas de chá.

— Ainda a pensar? — perguntou.

— Ainda a fugir da resposta.

Ele sentou-se ao lado dela. Olhou o céu.

— Queres ir?

— Quero. Mas tenho medo de ir e estragar o que temos.

— E se ficares e te estragares a ti?

Ela engoliu em seco.

— Não quero que escolhas entre mim e os teus
sonhos — continuou ele. — Porque não quero que
algum dia me olhes como quem ficou… mas se
perdeu.

— Então o que fazemos?

Ele pensou por um instante.

— Talvez possamos… experimentar.
Tu aceitas o convite. Escreves. Vais.
Mas com regresso marcado.
Ou sem prometer nada.
Mas sabendo que, do lado de cá, há alguém que
entende.

— Não achas que isso nos afasta?

— Acho que isso prova que somos mais do que
dois corpos no mesmo espaço.
Somos duas pessoas a tentar crescer… sem deixar
de se escolher.

Ela olhou para ele.
Pixel espirrou.

— Isso foi mesmo bonito — disse Lara, com um
sorriso pequeno. — E ainda mais porque não veio
da Beta.

— Ela que se cuide. Estou a ficar bom nisto.

Na manhã seguinte, Lara enviou o e-mail.
Assunto: **Proposta aceite.**
Corpo da mensagem:

"Aceito com entusiasmo e respeito.
Quero crescer com a minha voz. E
aprender o que acontece quando
deixo de escrever só para
sobreviver.
Obrigada por acreditar em mim.
– Lara Correia"

Depois, fechou o portátil.
Fez chá.
E não disse nada a Caio — ainda.

Ele estava na varanda a rever uma crónica.
Concentrado. Sereno.

E ela sentiu medo.
Medo de que, mesmo com toda a compreensão do
mundo, aquela escolha… fosse o início de uma
separação lenta.

— Enviei — disse ela, entregando-lhe a caneca.

Caio pousou o portátil.
Olhou-a nos olhos.

— Estás feliz?

— Estou.
Mas sinto que estou a carregar uma mala invisível
chamada "e se".

Ele estendeu a mão. Ela sentou-se ao lado.

— Então partilha o peso.
Eu levo metade.

Lara encostou a cabeça no ombro dele.

— Tens a certeza que isto não nos afasta?

— Não tenho certeza de nada.
Mas sei o que quero: que tu sejas inteira. Mesmo
que, por um tempo, estejamos um pouco
desencontrados.

Ela apertou a mão dele.

E pensou:
**"Talvez amor também seja isso — não prometer
eternidade, mas continuar a escolher... enquanto
durar a verdade."**

Naquela noite, sem planearem, fizeram o que
sempre souberam fazer:
sentaram-se no chão, rodeados por almofadas, com
Pixel deitado entre os dois como um fecho felpudo
de ligação emocional.

— E se nos desencontrarmos? — perguntou Lara, mexendo no chá com a colher como se esperasse uma resposta no fundo da chávena.

Caio pensou um segundo. Depois foi buscar algo à estante: dois cadernos pequenos, iguais, de capa escura e páginas lisas.

— Um é teu. Um é meu.
Vamos escrever uma frase por dia.
Só uma.
Não sobre o outro. Mas sobre o que sentimos.
E quando nos virmos de novo… trocamos.

Ela sorriu.
Não era uma promessa.
Era uma âncora.

Pegou no caderno.

— Então começa tu.

Ele escreveu.

"Hoje aceitei o que me assusta,
e, mesmo assim, fui feliz contigo."

Ela segurou o caderno como se segurasse um lugar.
Um espaço só deles.

Pixel espirrou.
E depois, num gesto quase teatral, esticou a pata até

o caderno.
Como se dissesse: "está aprovado."

E ali, entre chá, silêncio e pequenas frases escritas
à mão, Lara e Caio encontraram algo maior do que
garantias:

**encontraram o tipo de amor que sabe dar
espaço...
sem nunca deixar de ficar.**

# Capítulo 12 – Espaços Entre Nós

Lara chegou a Lisboa com uma mala pequena, o caderno de frases, Pixel numa transportadora com ar ofendido e um coração em desalinho.

Foi recebida com entusiasmo.
A redação da revista era moderna, cheia de plantas, janelas e gente que falava com entusiasmo sobre "narrativas íntimas que conectam com o leitor".
Deram-lhe uma secretária perto da janela, um e-mail personalizado e elogiaram o seu "olhar sensível sobre o quotidiano".

Ela sorriu. Agradeceu. Entregou a primeira crónica com um nó no estômago.
E fingiu que não estava a contar as horas.

Caio ficou em Barcelona.
A casa parecia mais vazia do que antes de Lara.
Os espaços pareciam ecoar.
O sofá, grande demais.
O silêncio, mais espesso.
Até o Pixel parecia fazer falta — como se a ausência do gato sublinhasse a da dona.

Ele escrevia. Claro que escrevia.
Mas as palavras vinham com menos fôlego.

Como se, de repente, a inspiração tivesse
atravessado fronteiras com um bilhete só de ida.

Trocaram mensagens todos os dias.
Chamadas com café na mão.
Fotos de janelas, cadernos e momentos pequenos.

E à noite, antes de dormir, cada um escrevia no seu
caderno:
uma frase. Só uma.
Sem filtros.
Sem revisões.
Como quem semeia presença onde antes havia
toque.

Mas mesmo assim, ambos sabiam:
**nem sempre o amor chega antes da distância.**

A primeira semana correu bem.
Mensagens de bom dia.
Chamadas à noite.
Frases nos cadernos.
Tudo sincronizado como um ritual novo — um laço
delicado feito de palavras.

Mas, na segunda semana… começaram os
desencontros.

Caio ligava às 22h. Lara ainda estava a trabalhar.
Lara mandava fotos de lugares bonitos. Caio não
respondia até horas depois.

As conversas ficaram mais curtas. As pausas mais
longas.

Na quarta-feira, Lara teve o primeiro texto
publicado na revista. Foi partilhado, elogiado,
citado.
Caio comentou com um simples:
**"Li. Está bonito."**

Bonito.
Não "profundo", nem "comovente", nem "tua
cara".
Apenas bonito.

Ela respondeu com um coração.
E, pela primeira vez… não escreveu nada no
caderno.

Caio, por outro lado, sentia-se engolido por algo
que não sabia nomear.

Não era ciúmes.
Era deslocamento.
Como se estivesse a ver Lara brilhar de longe…
mas sem lugar na plateia.

Quando tentou dizer isso numa mensagem, apagou
antes de enviar.

Em vez disso, escreveu:
**"Desculpa a demora. Dia longo."**

Na noite de sexta-feira, Lara ligou.
Caio atendeu com voz cansada.

— Estás bem?

— Estou. Só exausto.

— Sentes a minha falta?

Silêncio.

Depois:

— Claro que sim. Mas estou a tentar não sufocar o
que tu estás a viver aí.

Ela engoliu em seco.

— E eu estou a tentar não perder o que tínhamos.

Ele suspirou.

— Talvez não devêssemos tentar tanto. Talvez
devêssemos só… sentir.

— E se sentir doer?

— Então significa que ainda importa.

Era terça-feira.
O café da revista estava quase vazio quando Lara

se sentou à janela, com o portátil aberto e o cursor a piscar há mais de vinte minutos.

Do outro lado da sala, **Miguel**, um dos editores convidados, preparava dois cafés.
Cabelos revoltos, riso fácil, olhar que ouvia mesmo quando não falava.
Não era ameaça. Mas também não era neutro.

Aproximou-se com uma chávena extra.

— Café para quem escreve como se carregasse o mundo nos ombros.

Lara sorriu, sem levantar os olhos.

— O mundo hoje está mais pesado.

— E a tua ausência, mais visível.

Ela olhou-o, surpresa.

— Ausência?

— Sim. Do teu brilho. Está um bocadinho apagado desde ontem.
Desculpa dizer. Mas quem escreve sobre intimidade… deixa rasto.

Ela mordeu o lábio.

— Só estou… cansada.

Miguel sentou-se à frente dela.

— De ti, ou de alguém?

Ela gelou.
Riu, meio desconforta.

— Que pergunta…

— Foi espontânea. Mas não precisa responder.

Lara olhou pela janela.

E, naquele momento, percebeu que não estava a ser
levada por tentação.
Estava apenas a confrontar a pergunta que evitava:

**"Quem és tu… quando estás sozinha?"**

E talvez a resposta ainda doesse.
Porque parte dela… **ainda não sabia.**

Naquela noite, Lara não ligou.
Caio não enviou mensagem.

Pixel, em Lisboa, miou com saudade.

Lara acendeu uma vela no quarto.
Abriu o caderno.
Escreveu:

"Sinto a tua ausência como se fosses
uma parte que ainda me veste por
dentro.
E ao mesmo tempo… não sei onde
te pôr."

Fechou o caderno.
Apagou a luz.

Caio sentou-se na varanda.
Estava vento.
A cidade cheirava a pão e a saudade.

Abriu o caderno dele.
Escreveu:

"Talvez te esteja a perder devagar.
E mesmo assim… não consigo
largar."

Fechou o caderno.
Encostou a cabeça na parede.

E pela primeira vez…
ambos dormiram sem se ouvir.
Mas sonharam um com o outro.

# Capítulo 13 – O que Fica Quando se Vai

A estação estava cheia.
Pessoas a chegar, malas a rodar, vozes cruzadas em idiomas diferentes.
Caio saiu do comboio com um casaco velho e um livro na mão.
Lara viu-o ao longe. E o coração apertou.
Não por saudade — mas porque, por um segundo, **pareceu vê-lo como um estranho.**

Ele viu-a. Sorriu.
E foi aí que ela chorou.
Porque era ele. E ainda era o dela.
Mas já não era igual.

— Estás diferente — disse ele, quando chegaram ao abraço.

— Tu também.

— É bom ou mau?

— É real.

Foram para o apartamento dela.
Pixel roçou-se nas pernas de Caio como se tivesse

um capítulo para contar.
Ele cheirava a saudade e café.

— Como está Barcelona? — perguntou ela, depois
de se sentarem no sofá.

— Mais cinzenta. Menos tua.

— E tu?

Ele hesitou.

— A tentar. E tu?

— Igual.

O silêncio instalou-se.
Desta vez, não reconfortante.
Apenas… presente.

Caio abriu o casaco. Tirou o caderno do bolso.
Entregou-lhe sem dizer nada.

Lara fez o mesmo.

Durante vinte minutos, leram.
Página por página.
Frase por frase.
Sem levantar os olhos.
Sem interromper.

No fim, ficaram os dois ali, a segurar os cadernos
fechados, com os dedos entrelaçados.
E Lara disse, baixinho:

— Eu ainda te amo.

Caio olhou-a.
E respondeu:

— Eu também. Mas já não sei… se amar é o
suficiente.

Pixel saltou para o colo dela.
E nenhum dos dois o afastou.

Porque ali, naquele instante, o amor ainda existia.
Mas o que viria a seguir… era o que realmente
importava.

No sábado, caminharam pelas ruas de Lisboa como
dois turistas com história.
Sentaram-se à beira do Tejo.
Partilharam um pastel de nata.
Tiraram uma foto com Pixel enfiado numa tote bag,
com olhar de "não assinei contrato para isto".

Riram.

Mas a leveza vinha com prazo.
Como um filme bonito que sabes que vai acabar —
e começas a prestar atenção demais aos créditos.

— Lembras-te quando tudo era algoritmo? — perguntou Caio, olhando o céu.

— E a Beta ditava as rotas emocionais?

— E eu só queria que me dissesses se era para ficar ou fugir.

— E eu só queria saber o que sentir.

Caio suspirou.

— A verdade é que…
Nós já fomos melhores quando não tentávamos tanto.

Lara encostou-se a ele.

— Ou talvez agora sejamos só… mais humanos.

— Com mais falhas.

— Mais reais.

Ficaram ali, sem palavras.
Só presença.
Só vento.
Só olhos fechados.

E Lara pensou:
**"Se este for o fim, quero que saibas como foi**

**bonito.
Mesmo quando doeu.”**

Na última noite, Caio dormiu na cama dela.
Lado a lado.
Sem juras.
Sem sexo.
Só presença.

Lara acordou antes do sol.
Sentou-se na mesa da cozinha com o caderno à
frente.
Escreveu:

> “Se eu soubesse que era a última
> vez, teria dito mais devagar.
> Mas talvez o amor se revele mais na
> forma como partimos… do que na
> forma como ficamos.”

Fechou o caderno.
Deixou-o no fundo da mochila dele, entre as roupas
dobradas.

Caio acordou uma hora depois.
Tomaram o pequeno-almoço em silêncio.

No comboio de regresso, ele abriu o caderno
sozinho.
E escreveu:

"Se um dia te encontrares num lugar
que não te caibas… volta.
Eu estarei em tudo o que ficou para
trás.
E ainda assim, contigo."

Fechou o caderno.
Encostou a testa à janela.
E deixou-se embalar por um comboio que levava
tudo…
menos a parte de Lara que ele nunca conseguiria
largar.

Dois dias depois, Lara recebeu um envelope pelo
correio.

Sem remetente.
Só o seu nome escrito com a letra dele.
Dentro, havia uma única folha.
E uma foto.

A folha trazia um excerto de um texto antigo, de
uma das primeiras crónicas que ele escrevera
depois de a conhecer:

"Há pessoas que não passam por nós
— entram devagar, tiram os sapatos
e arrumam o silêncio como se
soubessem o caminho de casa."

Lara segurou o papel com as duas mãos.
Depois olhou a foto.

Ela e Caio.
Sentados no chão da antiga sala.
Meia luz.
Um puzzle por terminar.
E Pixel deitado entre os dois, como se vigiasse o
amor.

Ela encostou a foto ao peito.

E murmurou:

— Ainda estás aqui.

Mas não sabia que, dali a pouco tempo,
essa frase deixaria de ser figura de estilo…
para se tornar memória.

# Capítulo 14 – O que Fica Quando Parte

Lara não planeava voltar a Barcelona tão cedo.
Mas Caio tinha enviado uma mensagem na terça-feira:

> "Sinto que estou a viver os teus
> silêncios.
> Se tiveres espaço, vem.
> Nem que seja só para respirar ao
> meu lado."

E ela foi.

O voo foi tranquilo. Pixel ficou com Clara.
Na mochila, o caderno. Ainda escrevia, mas com menos frequência.

Caio abriu a porta com aquele sorriso de sempre.
Mas os olhos estavam cansados.
Como se tivessem chorado quando ninguém viu.

— Trouxe chá de limão — disse ela, ao entrar.

— E trouxeste a tua presença. Já valeu o bilhete.

O apartamento estava igual.
Ou talvez estivesse apenas preso no tempo.

Caio preparou jantar.
Comeram devagar.
Falaram do tempo, do novo editor da revista, das frases que guardavam.

— Sentes que estamos bem? — perguntou ele, de repente.

— Sinto que estamos vivos.
E isso, às vezes, é mais forte do que estar bem.

Ele sorriu.

— És cada vez mais tu. E cada vez mais longe de mim.

Ela tocou-lhe na mão.

— Mas voltei. E hoje… estou aqui.

Caio apertou a mão dela.
Depois levou-a até à varanda, como tantas outras vezes.

O céu estava limpo.
E o mundo parecia respirar.

Eles também.

Por ora.

Já era tarde.
A cidade dormia.
Caio e Lara estavam sentados no chão da sala, entre
almofadas velhas e a chávena que ainda guardava o
calor do chá.

Foi ele quem falou, com a voz baixa, quase
desajeitada:

— Há algo que preciso dizer-te.

Lara endireitou-se.

— Diz.

Ele demorou.

— Lembras-te da dor no peito que te falei, semanas
atrás?

— A que disseste que era muscular?

— Fui ao médico.

Ela não respondeu. Esperou.

— Fizeram exames.
Ele disse que… pode ser algo cardíaco. Grave.

Lara ficou em silêncio.

— Grave como?

Caio passou a mão pelo cabelo.

— Há risco de colapso. Talvez genético.
Estão a fazer mais testes.
Mas disseram que, se sentir cansaço forte ou dor
intensa… devo procurar ajuda imediata.

Ela não disse nada.

Porque havia dor que não pedia resposta.
Só presença.

Caio continuou:

— Não te contei antes porque… não queria que
viesses por pena.
Nem que voltasses por medo.

Lara respirou fundo.
Aproximou-se.
Pegou-lhe nas mãos.

— Eu voltei por amor.
E fico pelo mesmo motivo.

Ele deixou cair a cabeça sobre o ombro dela.
E ali, entre almofadas e o som longínquo de uma
cidade que não sabia de nada, ela prometeu:

**ficar.**
**até onde fosse possível.**
**com tudo o que ainda houvesse por viver.**

Nos dias seguintes, Lara ficou.

Caio dizia que não precisava.
Que ela podia ir e voltar.
Que a revista podia esperar.

Mas ela ficou.

Começou a fazer listas invisíveis:
• Remédios no armário.
• Chá às 17h.
• Descanso depois das caminhadas.
• Beijos antes de dormir, mesmo que ele já estivesse a sonhar.

Pixel voltara também.
Dormia entre os dois, atento, como se soubesse.
Como se fosse guardião do tempo.

Lara lia.
Escrevia.
Mas tudo com pausas.

Cada gesto, cada toque, cada silêncio…
vinha com um peso novo:
**o de querer fazer tudo certo, antes que fosse tarde.**

Numa noite, Caio interrompeu o silêncio:

— Sabes que não podes impedir, não sabes?

— Impedir o quê?

— O que quer que esteja a chegar.

Ela não respondeu.
Segurou a mão dele.

— Não quero controlar.
Quero estar.

Ele sorriu.
Mas havia um cansaço novo no sorriso.
Um cansaço que não era físico.

— Estás a conseguir — disse ele.

— O quê?

— Ficar.
Mesmo quando te assusta.
Mesmo quando te dói.

Ela chorou sem lágrimas.

Porque ele tinha razão.
E, ao mesmo tempo,
ela queria fugir mais do que nunca.

Mas ficou.
E continuaria a ficar.

Enquanto houvesse tempo para isso.

Naquela manhã, Lara acordou antes do sol.
Fez chá.
Sentou-se à mesa com o caderno de capa azul — o
que usava só quando algo doía.

Escreveu devagar.
Não uma crónica.
Não uma frase.
Mas uma carta.

"Caio,

Se eu soubesse que o amor seria isto
— este silêncio cheio, esta espera
sem mapa, este medo constante de te
perder — talvez tivesse corrido mais
depressa no início.
Mas tu ensinaste-me a abrandar. A
escutar. A ficar.

Hoje, se me perguntassem o que é
amar, eu responderia:

Amar é não saber quando será a
última conversa,
e mesmo assim… querer continuar a
falar.

É ver-te dormir e não saber se
estarei aqui para todos os
despertares,

mas ficar sentada mesmo assim, só
para garantir que acordas.

É saber que talvez não tenhamos
tempo —
mas ainda assim… construir algo
com ele.

Com tudo o que ainda houver.

E se por acaso eu te perder…

Caio,

tu ficas.

Em cada texto.
Em cada chá.
Em cada silêncio onde ainda me
ouças.

Amo-te.
Para além de qualquer fim."

Fechou o caderno.
Escondeu-o na gaveta da cómoda.

Não era hora de lhe mostrar.
Ainda não.

Mas em breve…
talvez só restasse isso.

Era fim de tarde.
O céu estava laranja, como se o dia tivesse ficado
mais quente de propósito.

Caio estava deitado no sofá.
Lara preparava chá.
O som da chaleira a ferver era quase reconfortante.

Ele chamou-a com um gesto.
Lento.
Mas preciso.

— Lara…

Ela aproximou-se.

— Diz.

— Queria pedir-te uma coisa.

— Tudo.

Ele sorriu.

— Não digas isso tão depressa. Pode ser perigoso.

Ela sentou-se no chão, junto a ele.
Esperou.

— Quando eu não estiver… — começou ele, sem
drama — quero que publiques aquele texto. Aquele

que nunca mostraste a ninguém. O que começaste
na varanda.

Lara congelou.

— Como sabes?

— Vi-te a escrevê-lo com a respiração presa.
E ouvi-te a rasgar uma página, numa noite em que
choravas baixinho.

Ela mordeu o lábio.

— Ainda o tenho.

— Então promete-me.
Quando achares que é tempo…
partilha-o.

— Porquê?

— Porque quero que o mundo te leia.
Não por mim.
Mas porque tu tens coisas para dizer.
E não podes guardá-las só para quem parte.

Ela encostou a cabeça ao peito dele.
Ouviu o coração bater — devagar, mas presente.

E prometeu.

Sem saber que, dias depois,
seria isso que lhe restaria para continuar.

Nesse sábado, tudo parecia em pausa.
A cidade abrandou. O vento era leve.
Até o tempo parecia andar mais devagar.

Caio teve mais energia do que nos dias anteriores.
Fez panquecas — mal feitas, queimadas nas pontas,
mas com um entusiasmo infantil.
Lara riu tanto que chorou.

— És o pior chef do mundo — disse ela.

— Sou só realista. A perfeição é para algoritmos. E
para a Beta.

— Ainda te lembras da Beta?

— Lembro. Mas agora ela é só metáfora.

Ficaram a ver um filme antigo, enrolados no sofá.
Pixel dormia no meio, dividindo o calor como um
árbitro silencioso.

Caio falava devagar, mas sorria com os olhos.

— Sabes o que é bonito? — disse ele, já no final da
noite.

— Diz.

— Não sabermos se é a última vez.
Porque assim, tratamos cada uma como se fosse.

Lara não respondeu.
Apenas lhe beijou a testa.
Ficaram assim. Em silêncio.

No escuro, Lara sentiu o corpo dele a relaxar.
Ouviu a respiração abrandar.

E, pela primeira vez em muitos dias…
ela adormeceu antes dele.

Como se o universo, só por aquela noite, tivesse
feito um desvio.
Para que houvesse paz.

Lara acordou com o sol a entrar pela janela.
O apartamento estava em silêncio.

Não o silêncio de antes de alguém acordar.
Mas o outro.

O silêncio que fica quando já não há mais quem
acorde.

Sentou-se devagar.
Pixel estava aos pés da cama, imóvel, olhos fixos
em Caio.

Ele estava deitado de lado.
Rosto sereno.

Mãos soltas.
Um quase sorriso nos lábios.

Lara chamou:

— Caio?

Nada.

Tocou-lhe na mão.
Fria.
Muito fria.

O mundo parou ali.
Não gritou.
Não chorou.

Ficou apenas sentada.
Ao lado do corpo.
Com o coração vazio e cheio ao mesmo tempo.

Segurou o pulso dele, mesmo sabendo.

E disse baixinho:

— Obrigada… por ficares até aqui.

Pixel saltou para o peito dele, deitou-se devagar, e
ali ficou.

Como se também soubesse.

Lara pousou a cabeça no peito de Caio.
Fechou os olhos.

E ouviu apenas o silêncio.

O silêncio inteiro.
O silêncio que só existe quando o amor termina
num corpo…
mas continua noutro.

Lara ficou ali, imóvel, com a testa encostada ao
peito de Caio.
Esperava ouvir algo.
Um som mínimo.
Um eco.
Qualquer coisa que o tempo tivesse esquecido de
levar.

Mas não havia nada.

Apenas o cheiro dele.
A pele dele.
A ausência a instalar-se devagar, como quem pede
licença e depois ocupa tudo.

Pixel miou, baixinho. Um lamento profundo.

Foi aí que as lágrimas começaram.
Não aos gritos.
Não com raiva.
Mas como chuva miúda que cai quando o céu já
não aguenta mais.

Lara apertou a mão dele.
Falou com a voz embargada:

— Tu prometeste que não eras um intervalo.
E não foste.
Foste um ponto final com reticências.
Um amor que mesmo acabando… continua a doer
como quem fica.

Passou os dedos pelo cabelo dele, uma última vez.
Beijou-lhe a testa.
E, num sussurro quase rasgado:

— Se soubesses o quanto me ensinaste a viver…
talvez não tivesses medo de partir.

E ali, sentada ao lado do corpo do homem que
amava,
Lara percebeu algo devastador e lindo:

**há ausências que doem tanto…
porque deixaram tudo de si no lugar onde
estavam.**

O funeral foi simples.
Flores brancas.
Textos lidos em voz baixa.
Pessoas que Caio tocou sem nunca saber o quanto.

Lara não falou.
Não conseguiu.
Mas levou o caderno dele consigo — o das frases

que escreveram em silêncio.
Colocou-o junto ao peito, por dentro do casaco.
Como quem leva o coração de outro por dentro do
próprio.

Dias depois, ao regressar ao apartamento vazio,
encontrou a luz da varanda acesa.
Ninguém a tinha deixado acesa.

Foi até à estante.
Pixel seguiu-a.

Ali, entre dois livros, uma folha dobrada.

Reconheceu a letra dele.

> "Se estás a ler isto, é porque já não
> posso dizê-lo.
> Mas sabes. Sempre soubeste.
>
> Amar-te foi fácil.
> Deixar-te vai custar-me mais do que
> partir.
>
> Mas há algo que quero que faças:
>
> Vive.
> Escreve.
> Ama outra vez, se for possível.
>
> Mas nunca penses que foste pouco.

Tu foste tudo.
Até ao fim.

E se o infinito existir,

encontramo-nos lá.

– C.”

Lara caiu de joelhos no chão.
Chorou até faltar-lhe o ar.
Mas naquele choro, havia qualquer coisa nova.

Libertação.
Gratidão.
E amor que, mesmo sem corpo…
ainda batia dentro dela.

Naquela noite, sentou-se à secretária.
Pegou no caderno que Caio lhe pedira para
partilhar.

E escreveu a última frase na última página:

“Não foste um capítulo.
Foste o livro inteiro que eu nunca
soube que estava a escrever.”

Fechou o caderno.
Apagou a luz.

E pela primeira vez desde que ele partiu…
adormeceu.
Em paz.

# Capítulo 15 – Reconstrução

Lara acordou cedo.
O apartamento estava mais silencioso do que de costume.
A saudade de Caio já não a sufocava, mas ainda era palpável. Como uma sombra que não a deixava esquecer. Ela sentia falta das pequenas coisas. Da risada dele. Do cheiro da comida que queimava porque ele se distraía. Do jeito que ela conseguia escrever mais rápido quando ele estava perto.

Sentou-se na mesa da cozinha.
O caderno de Caio estava ao seu lado, junto a uma folha em branco.
A caneta tremia um pouco entre seus dedos. Não era medo.
Era a liberdade de estar só, mas com uma ausência tão forte que parecia cheia.

Quando foi buscar o chá, notou o brilho do telemóvel. Uma notificação.

A primeira coisa que viu foi:
**Beta**.

O coração deu um pulo.
Ela não ligava mais a Beta. Não desde que a tinha desativado.

Mas ali estava. Uma mensagem, sem remetente,
sem contexto.

**"O que queres escrever agora, Lara?"**

Era a Beta.
Ou algo que ainda se apegava a ela.

Lara engoliu em seco. O medo voltou. Não da Beta.
Mas de si mesma. O que estava a construir… e o
que ainda precisava de destruir.

Ela olhou para o caderno de Caio.
Puxou a cadeira.
Sentou-se.

A Beta tinha sido a sua maneira de controlar, de
organizar, de viver sem medo.
Mas agora… ela não precisava de respostas
externas.
Ela precisava de se encontrar sem ajuda.

Fechou o telemóvel.

E, com uma caneta tremendo um pouco, escreveu:

> "Não sei o que escrever.
> Não sei para quem.
>
> Mas sei que hoje sou
> eu que decido a

palavra que vem a
seguir.”

O resto do dia passou entre olhares perdidos e
frases incompletas.
Lara não sentiu o peso da perda como antes. Mas
também não a superou.

Ela sentiu que o tempo não passava.
Ou talvez o tempo estivesse a ensinar-lhe que, no
fim, não era a perda que a destruía.
Era o que ela fazia com ela.

Lara passou a manhã a arrumar as coisas de Caio.
Pequenos gestos: uma camiseta ainda na cadeira,
livros empilhados na estante, os papéis espalhados
pela mesa. Ela sabia que tinha de fazer isto. Não
para apagar a presença dele, mas para conseguir
respirar o espaço novamente.

Enquanto arrumava a última gaveta, o olhar dela
caiu sobre um envelope guardado nas coisas dele.
Aquele envelope tinha o nome dela, escrito à mão,
com letras grandes e desajeitadas.

Ela hesitou por um segundo.
Mas algo a puxava para abri-lo.

Dentro, havia uma carta.
Uma carta que ela nunca tinha visto antes.

   **“Lara,

Eu sei que o amor entre nós é um
labirinto. E sei também que, quando
não sabemos para onde vamos, às
vezes a gente se perde, mas…

Eu quero que, quando o labirinto se
fechar, tu saibas: eu escolhi cada
passo que dei contigo.

E quando te perderes de mim… ou
achares que eu não estou mais
aqui… quero que te lembres do que
tivemos. Não com dor. Mas com o
mesmo amor que eu sempre te dei.

Se algum dia me esqueceres, que
sejas capaz de lembrar-te do amor
que viveu entre nós, sem remorso.

Eu amo-te.

Caio."**

Lara ficou em silêncio, com a carta nas mãos.
A dor não era mais um peso. Era uma despedida
suave, sem feridas abertas.

Ela fechou os olhos e deixou a carta escorregar
pelas mãos, até cair no chão.
Era o que Caio queria. Que ela lembrasse, mas sem
se perder no que não podia mudar.

Ela respirou fundo e, com uma leveza inesperada,
pegou no envelope vazio e colocou-o na prateleira.
Agora, não havia mais o que guardar. Só o que ela
escolhera viver.

Mais tarde, Lara sentou-se à janela.
O céu de Barcelona estava mais claro, como se o
tempo tivesse deixado de lutar contra ela.
Ela não sabia exatamente o que seria o futuro. Mas
sabia que não precisaria da Beta para orientá-la.

Ela só precisaria de si mesma.

Na tarde seguinte, Lara sentou-se à mesa.
O caderno estava aberto diante dela, as palavras de
Caio ainda frescas na sua mente. A carta que ele
deixou tinha-lhe tocado num ponto que ela não
sabia que ainda doía.

Mas agora… era hora de transformar aquela dor em
algo novo.

Ela pegou a caneta. E escreveu:

> "Existem amores que são como
> labirintos — difíceis de entender e
> difíceis de sair. Mas há algo que
> aprendi: é possível crescer dentro
> deles.
>
> Caio ensinou-me a viver no caos e
> na calma, no medo e na esperança.

Ele ensinou-me que a perda não
apaga o que foi construído, mas a
transforma, dando-lhe novas cores,
novas formas.

Eu não sou a mesma pessoa que era
quando o encontrei. Eu não sou mais
a mesma pessoa que era quando ele
partiu. E isso não é tristeza.
Isso é o que acontece quando
amamos de verdade.

O amor não desaparece. Ele muda.
Ele torna-se a nossa história. A
nossa memória. A nossa razão para
seguir em frente."

Lara parou e leu as palavras.
O que sentia já não era um buraco vazio, mas uma
reconstrução.
Um amor que, mesmo não sendo físico, ainda
pulsava. Em cada frase. Em cada escolha.

Ela olhou para o caderno, com um sorriso pequeno.

— Agora sim. Agora sou eu.

E, pela primeira vez em muitos dias, ela fechou o
caderno sem medo do amanhã.

Quando a noite chegou, Lara foi até à varanda,
como Caio sempre fazia.

Sentou-se no mesmo lugar onde ele costumava escrever, com o céu de Barcelona à sua frente. O silêncio era diferente agora. Não era mais assustador. Apenas… ela.

Com o telemóvel, ela procurou o arquivo de crónicas antigas. Aquelas em que Caio comentava com elogios discretos.
Ela sorriu para si mesma e, ao voltar a olhar para o horizonte, sentiu, em cada poro:

**"Agora, estou pronta para escrever minha própria história."**

No dia seguinte, Lara foi até o café onde Caio costumava escrever.
O cheiro familiar do café forte ainda a acompanhava, mas algo estava diferente. Ela não sentia mais aquele vazio.
Sentia algo cheio. Algo que ela começava a entender.

Ela desbloqueou o telemóvel.
Enviou a crónica que escrevera. Não à revista. Não a ninguém.

Enviou para Clara.

> **"É hora de escrever as minhas
> próprias histórias. E de me
> libertar do que ficou para trás."**

Foi simples. Sem explicações.
Só a verdade que ela precisava partilhar.

A resposta veio horas depois. Clara sabia que
aquele momento estava a chegar, mas não sabia
como seria o impacto. Quando leu, sorriu com
lágrimas nos olhos.
O simples "eu sabia" que recebeu no telemóvel foi
o suficiente para perceber que Lara estava pronta.

Lara respirou fundo.
Colocou o telemóvel de lado e foi até a varanda.

A tarde estava tranquila.
Ela encostou-se na parede fria e olhou para a
cidade que Caio tanto amava. E, naquele momento,
percebeu que ele ainda fazia parte de tudo ali —
mas de uma forma nova, onde não havia dor,
apenas gratidão.
Ele estava em cada esquina, em cada memória boa
que ela tinha decidido manter. Mas ele também a
havia libertado para ser quem ela sempre fora —
sem o medo de falhar.

Lara fechou os olhos e sentiu o vento fresco contra
o rosto.
Naquela brisa, ela sentiu que estava, finalmente,
pronta para seguir em frente.

E, enquanto a cidade continuava a respirar ao redor,
Lara sabia que o ciclo estava a fechar-se.

Não porque ela tivesse perdido. Mas porque ela
tinha encontrado uma nova forma de ser.

# Epílogo

Um ano depois, Lara estava em Lisboa.
O apartamento de Caio tinha sido deixado para trás,
mas o vento que passava pelas janelas da sua nova
casa ainda trazia o eco das risadas que partilhavam.

Ela abriu o caderno de Caio, aquele que ainda
estava guardado, entre os livros antigos, a poeira e
os fragmentos de uma vida que ficou para trás.
Era uma crónica antiga.
Uma que ele nunca publicou, mas que falava sobre
os caminhos que eles tomaram.
Sobre os labirintos da vida.

Ela pegou na caneta e escreveu na última página,
com a caligrafia suave que ele sempre amara:

> "Agora sou quem sempre fui.
> Com tudo o que ele me deu.
> E, mesmo quando a saudade for
> mais forte,
> sei que a vida é feita de escolhas.
> E eu escolho seguir… com
> gratidão."

Lara fechou o caderno. E sorriu.
Ela sabia que ele ainda estava com ela, mas agora
de uma forma diferente. Não era como quem falta,

mas como quem ainda está presente na lembrança
do amor.

Naquele dia, ela sentou-se na varanda e olhou para
o horizonte.
O céu estava limpo.
Lisboa parecia calma, mas vibrante.
Ela ainda escrevia. E o fazia com uma liberdade
que nunca imaginou ter.

No bolso, o telemóvel vibrou com uma mensagem
de Clara. Um convite para uma nova crónica.
Ela sorriu, ainda com o pensamento em Caio, mas
agora com uma paz diferente. Algo que ela
buscava, que tinha encontrado, e que agora
segurava com as próprias mãos.

Ela pensou no que Caio diria:

> "O amor nunca desaparece. Ele só
> muda."

E, ao olhar o horizonte mais uma vez, ela sentiu
que agora poderia continuar a viver, escrever e
amar — sem medo do que o futuro traria.

Porque, depois de tudo, ela sabia:

**O amor nunca acaba. Ele só se transforma.**

Lara ficou ali, na varanda, com a brisa suave
tocando no rosto.

O dia passava, mas o silêncio dentro dela era diferente. Não era vazio. Era preenchido por uma sensação de completude — não por ter tudo, mas por ter encontrado a paz com o que ficou para trás.

Ela olhou para o caderno de Caio uma última vez e, antes de guardá-lo, sentiu algo surgir. Uma necessidade de deixar as últimas palavras — as mais íntimas — gravadas. Não para ele, mas para ela mesma. Para marcar que, ao contrário de tudo que ela acreditava, a perda não era o fim. Era a chance de se reiniciar.

Ela escreveu:

> "Agora que os labirintos se fecharam, o que ficou não são as despedidas, mas as escolhas que fizemos.
> Eu escolho ser mais do que a saudade. Escolho ser quem sou, sem pressa, sem medos, e sem algoritmos.
> Escolho continuar, com tudo o que fui e tudo o que sou capaz de ser."

Ela sorriu ao escrever a última palavra, como se uma leveza invadisse os seus ombros.
Ela não estava sozinha. Caio ainda fazia parte dela, mas sem as amarras do passado. Ela já não era mais a "mulher que amou Caio", mas **a mulher que se permitiu amar**.

Naquela noite, Lara  sentou-se na mesa de jantar,
com a luz suave das velas iluminando a sala.
Ela escreveu a sua crónica mais importante, a que
finalmente mostraria ao mundo — e a si mesma —
o que significava ser livre.

Ela já não tinha mais medo de partir, de recomeçar
ou de escrever sem um manual.

E quando terminou, olhou para o arquivo aberto no
seu computador. Ela hesitou por um momento, mas
então clicou em "enviar". A crónica estava pronta
para o mundo.

O telefone tocou. Era Clara.
Ela atendeu com um sorriso, já sabendo o que a
amiga diria. Clara sempre soubera, mesmo quando
ela ainda não sabia.

— Fizeste isso, não fizeste? — Clara disse, com
aquela voz cheia de entusiasmo.

— Sim, fiz. E é a minha história agora.
Não a nossa. A minha.

Clara riu do outro lado.

— Eu sabia que ias chegar lá. Agora, o mundo vai
ler o que Caio sabia antes de todos: tens uma
história que merece ser contada.

Lara olhou pela janela, vendo a cidade brilhar sob o
luar. Ela já não temia o que o futuro traria, porque
sabia que o amor que teve nunca a deixaria. Ele
estava em cada palavra que ela escrevera, em cada
passo que ela tomara para ser mais do que sua dor.

E assim, enquanto a noite descia suavemente sobre
Lisboa, Lara sabia que o amor não acaba quando
alguém parte.
Ele se transforma, e a gente encontra, no meio da
perda, uma nova forma de viver e amar.

Ela  levantou-se da mesa e foi até a janela, olhando
o horizonte. A cidade ainda estava ali, vibrante e
cheia de histórias. E ela, agora mais forte,
começava a escrever a sua própria.

Porque, no final, o que Caio lhe deixou não foi
apenas a saudade — mas a certeza de que ela era
capaz de viver sozinha, com coragem e com a
memória de um amor que jamais morreria.

# Agradecimentos

A escrita deste livro foi mais do que uma jornada criativa — foi um mergulho profundo em emoções, medos, descobertas e reencontros comigo mesma.

Agradeço, em primeiro lugar, a quem acredita no poder das palavras. Aos leitores que abrem o coração para histórias de amor que nem sempre são perfeitas, mas que são reais, doces e intensas.
Este livro é para vocês.

A Caio e Lara — personagens que nasceram de mim, mas que, em muitos momentos, me ensinaram. Obrigada por mostrarem que o amor também vive na dúvida, na ausência e na reconstrução.

À minha família e aos que caminham ao meu lado no silêncio e no ruído, obrigada por estarem, mesmo quando não entendem todas as minhas escolhas.

A Pixel — em todas as suas versões — por lembrar que o amor pode vir com bigodes, manias e sorrisos felpudos.

E, por fim, a ti que lês esta última página com o coração apertado ou leve:
Que te lembres que o amor não precisa de ser

perfeito para ser verdadeiro.
E que, às vezes, a nossa melhor versão nasce
quando decidimos continuar — com medo mesmo
assim.

Obrigada por leres até aqui.
Obrigada por sentires comigo.

Com carinho,
**Cláudia Pereira**